明智卿死人を起す

小森　収

「では、明智《あけち》小五郎《こごろう》権刑部卿《ごんのぎようぶきよう》。良き報せを待っている」帝の新たな命により、行方不明となった陰陽師の捜索にあたるべく堺を訪れた明智卿と安倍天晴《あべのてんせい》。堺には納屋衆《なやしゆう》という商人たちの組合があり、それぞれ大店では上級陰陽師を抱えている。消え失せたのは人望も厚い熟練の陰陽師・土御門《つちみかど》。錯綜する証言を前にさしもの明智卿も困惑する。いっぽう京では、若い娘と老人の骸が相次いで盗まれていた。堺と京、商《あきな》いと政《まつりごと》の中心地でそ

た奇怪な事件は、やがて思

た世

登場人物

明智小五郎光秀……織田家家臣。権刑部卿《ごんのぎょうぶきょう》
安倍天晴……公家出身の上級陰陽師。マスター魔術師
法水連太郎貞雄……徳川家家臣。当代刑部卿
法水綸太郎……その息子。読本作者志望
針千本《はりのせんぼん》……筆頭侍従
藤田伝衛門……明智家家老
藤田平四郎……通称虎の平《たいら》。伝衛門の遠縁の剣客
佐々成正……織田家家臣。堺代官
惜《おしむ》……揖斐茶《いびちゃ》の主。茶商人
土御門正史……堺代官付の上級陰陽師
忠兵衛……角紅屋の主。納屋衆惣領《なやしゅうそうりょう》
六朗……銭形屋の主
悟朗……銭形屋の先代主人
甚吾……鉄砲鍛冶の息子

弥一郎……土御門の内弟子。忠兵衛の末息子

丸検校……青物商の束ね役

安倍安保呂……角紅屋が抱える上級相当陰陽師

明智球七……双子の軽技師

明智球八……同

プラサント……根《ね》春《はる》国皇太子

明智卿死人を起す

小森　収

創元推理文庫

TO WAKE THE DEAD

by

Osamu Komori

2025

目次

明智卿死人を起す

五十年ほど前に、近々義弟となる中学生と共通の話題が持てるようにと、それまで読んだことのなかった筒井康隆を手に取って、沼にはまってしまった義兄に。同じくらい楽しんでもらえると嬉しいのですが。

序　死に顔を見ることは出来ない

その恰幅《かっぷく》のよい男は、小さな棺《ひつぎ》の前で手を合わせた。棺の蓋は閉ざされているが、防腐の術を施した上、中は塩で満たされているので、どのみち死に顔を見ることは出来ない。

（あんなことは許さねばよかった）

何度目かの後悔を心の内でくり返す。

「ちょっとしたいたずらですよ，お祖父様《じいさま》。本当にとても見目のいい殿方なのです」

確かに、ちょっとしたいたずらのはずだった。ひとりきりの娘が異国に嫁いで産んだ、たったひとりの孫だった。言われるままに、伝手《つて》をたどり、かなりの額の借金を棒引きにすることで、同じ年ごろの娘のいる大名家に話をつけた。かりにお叱りやお咎《とが》めがあったとしても、大事に到るとは思えなかった。

（それがこんなことに……）

身代《しんだい》を潰すことも厭《いと》わないと、男は考えていた。

（必ず、孫娘を生き返らせてみせる）

1　感動のあまり一首詠みました

京一条《きょういちじょう》は帝都の北の玄関である。近江《おうみ》、美濃《みの》やそれ以遠からはもちろん、若狭《わかさ》、越前《えちぜん》方面からの陸路水路ともに、一条の東から京に入る。イスラム渡りの汽車が開通してからは、京一条駅が、文字通り、北の玄関となって、西や南からやって来る者が降りる京九条《くじょう》駅とともに、都を訪れる人々で賑わうことになった。

京一条の駅舎は白い。白亜の三層建築は、馬耳他《マルタ》出身の御用大工・椎名遺聞《しいないぶん》の手になる設計で、原料の石灰岩は、その白さに眼を見張った椎名本人が自ら選んだものを用い、着工時の征夷《せいい》大将軍羽柴秀元《はしばひでもと》が、長門《ながと》から取り寄せさせた。日《ひ》の本様《もとよう》の瓦屋根を遺聞が好んだため、最上階は黒が目立つが、その他はまぶしいばかりの白さだ。爾来《じらい》京一条駅は白い家《カーサ・ブランカ》と呼ばれている。

午《ひる》どきの駅は人でいっぱいだった。奔馬《ほんば》性肺壊疽《せいはいえそ》の流行以来、斜めに布を折った簡便な東《あずま》結びや、帯状の布の両端を裂いて紐にして結わえた京結びなどで、それぞれ口許を覆っている。一時期に比べれば、顔を晒している人も増えたが、列車や駅のような人混みでは、まだまだ布面貌姿《マスク》が多い。四輛編成の最後尾の二等客車を、明智小五郎光秀《あけちこごろうみつひで》と安倍天《あべのてん》晴《せい》は、先頭きって足早に降りた。金糸の刺繍《ししゅう》入りの軍隊布面貌《マスク》と、宗十郎頭巾の違いはあれど、ふたりも顔の下半分を覆っている。西陣の袴《はかま》に裃《かみしも》で正装した小五郎に対して、黒い袖なし外套《クローケ》と同じく黒のケープをまとった天晴も、その下では正装している。麻の袷《あわせ》に東結びという身なりの男がひとり、衣装行李《こうり》を担いでつき従う。屋敷から安土《あづち》の駅に呼んだ伴の者で、行李の中には小五郎の普段着である折衷《せっちゅう》ばさらの衣装一式が入っていた。

　蒸気機関車の脇で背後から声をかけた者がいた。

「明智のお殿様ではございませんか」

　ふり返ると、大きな熊がまるまっている。

「お呼び止めのご無礼は、ひらにお許しを。気づかぬふりとどちらが非礼か迷いましてございます」

　線路脇に平伏し、面《おもて》を伏せたまま熊がしゃべった。小五郎には、相手が誰だかすぐに分かった。

「面をあげられよ。揖斐茶《いびちゃ》の御主人。無礼などであるものか。拙者の気性はご存じであろう。さあ、立たれよ」

　立ち上がった男を見て、天晴は驚いた。身の丈六尺（約一八〇センチ）を軽く超える天晴が、他人の顔を見上げることは珍しい。しかも異人であった。京では英仏《アングロフレンチ》人で通るかもしれないが、欧州暮らしの長い天晴には、そうではないことが分かった。がっちりとした肩は、幅も厚みも天晴の倍はある。金髪と対照的な京結びの黒が目立つ。

「紹介しよう。揖斐茶の主　惜殿《あるじおしむ》だ。以前、美濃の川が氾濫《はんらん》して、その復興奉行に任ぜられたときに、ともに働いていただいた。揖斐川縁《べり》のわずかな台地を、そこだけは茶畑に適と見抜いて。水浸しの丘を、あっという間に銘茶の産地にしてしもうた」

「それも明智様が堤《つつみ》を築く御裁可を素早くくださったおかげ」

「死んだ土地を生き返らせるは、まさに魔法の手立てでござった」

「柱名《はしらな》の小五郎をお継ぎになったそうですね。おめでとうございます。……京へはお役目で？」

「その前に、こちらは安倍天晴殿」

揖斐茶の主は、ていねいにお辞儀をした。

「失礼ながら、袖なし外套《クローケ》の下のその御装束は……」

わずかに開いた胸元を見逃さなかったようだ。

「左様《さよう》。陰陽寮の陰陽師でございます。……揖斐茶の御主人こそ、正装ではござらぬが、その記章はマスター魔術師の印。ただ、英仏帝国のものでも波蘭《ポーランド》王国のものでもないようだが」

揖斐茶の主は、反射的に襟につけた小さな記章に手をやった。

「私の生国は、もはや、この世にございません。いまは織田《おだ》様の下《もと》で、御用を勤めております。それも魔術師ではなく、茶の商人《あきんど》として」

話に割り込むかのように、小五郎が口をはさんだ。

「先ほどの話だが、お役目で参内《さんだい》せねばならんのや」

「それはそれは。私はこれより、来年春の取引の談合に、京九条から堺に参るところです」

「もう、そのような季節か。堺代官のところには、うちの藤田《ふじた》が詰めていることは知っておろう？　何かあったら、いつでも頼るがよい」

「ありがとうございます。堺に着きましたら、まず真っ先に藤田様へご挨拶にあがることにいたしましょう。……明智様。わが娘は、まだお目通りしておりませんでしたな」

「娘？　揖斐茶に娘だと？」

熊のような身体の陰にすっぽり隠れて、細身の、しかし、女子《おなご》にしては背丈のある娘が控えていた。結い上げた髷《まげ》を解いても、小五郎より高そうだった。

「娘のほまれにございます」

「しかし、惜殿には細君がおらぬではないか」

揖斐茶の主はほがらかに笑った。

「幸いにも、この地で身代《しんだい》を残すことが出来そうです。それで、堺の伝手《つて》をたどって養女をひとり迎えましてでございます。ほれ、ご挨拶を」

「ほまれと申します」

「年が明けると十七になります。いずれは婿《むこ》を取るでしょうが、仕事は覚えておいた方がよいと思いまして、連れて参りました」

揖斐茶の主の目が細くなっている。

「お幸せそうでなによりや。堺ではどちらに逗留なされる？」

「懇意《こんい》にしていただいております上級陰陽師の方がおりまして、毎年そこでお世話になっております。ほまれをご紹介いただいたのも、そのお方でございます」

駅の目の前には賀茂川が流れている。渡しで南へ下る揖斐茶の主たちと別れて、小五郎と天晴は西へ向かい、近衛《このえ》の番兵が両端を立哨している橋を渡って、洛中に入った。広い通りのすぐ目の前に白い土塀が続いており、その向こうが御所になる。その土塀に沿って一度右手――北へ向かい、北東の角にあたる猿が辻で左に折れて御所の北辺に出る。洛中とはいえ北の端なので、屋敷の続く静かな通りだ。ふたりは無言で歩き、小五郎の伴がやはり黙って後について来る。

御所の西側にまわり、公家《くげ》の使う宜秋門《ぎしゆうもん》から中に入る。伴の者はそこで分かれて、三条大宮《さんじようおおみや》の織田屋敷へ走った。昔と異なり裃なら正装あつかいで参内できる。天晴は袖なし外套《クローケ》とケープを脱げば、もちろん袍《ほう》に指貫《さしぬき》の仕事装束だ。清めも急ぎそこそこに、先導する御所詰の侍従について奥へ進む。途中の部屋で順番待ちらしい幾人かを横目で見て、すぐに目通りが叶った。

「急ぎご苦労であった」

頭《こうべ》を垂れると、帝の声がした。

「明智。堺に行ってほしい」

「堺……ですか」

「お付きの陰陽師は安倍天晴《あまはる》で良かったであろうな」

「かしこまりました。天晴《てんせい》とともに、堺へ向かいます」

「仔細《しさい》は針《はり》から聞くがよい」

一礼して、下がろうとした刹那、さらに声がした。

「明智はもう柱名を名乗っているのか？」

「はい」

「では、明智小五郎権　刑部卿《ごんのぎょうぶきょう》。良き報せを待っている」

針千本《はりのせんぼん》の屋敷まで案内する者が来るので、しばし控えの間で待つように言われた。

「針殿の屋敷なら場所は心得ているが……」

小五郎はそう言ったが「道々お話がございますので」と返答された。

いま京で流行っているという、唐《から》わたりの茉莉花茶《まつりかちゃ》が出された。手持無沙汰なまま、小五郎と天晴は茶を口に含む。飲み終わったところで、襖《ふすま》越しに先ほどの侍従の声がした。

「明智様。お目にかかりたいという方がお待ちです。いらしていただけませんでしょうか」

小五郎の顔に不審の色が浮かぶ。

「どなたがお待ちなのかな」

「刑部卿にございます」

「法水《のりみず》卿が？」

「はい」

「行こう」

小五郎はすぐに立ち上がった。天晴も従う。会いに行くもなにも、法水は隣りの間で待ち構えていた。銀髪の初老の男は、小五郎の顔を見ると、何も言わずに、座るよう手で示した。背後の天晴に目をやると、ひとつ頷いて「お久しゅうござる。天晴殿」と言った。

法水連太郎貞雄《れんたろうさだたけ》は、徳川《とくがわ》家臣の当代刑部卿である。主家が征夷大将軍に任ぜられると、その家臣のうち卿や大輔《たいふ》の職に就く者は、京で政務を執ることになる。法水も上総《かずさ》の領国は家老に任せて、京で刑部省を束ねている。その徳川勢をさしおいて、権刑部卿にまでわざわざ任ぜられ、蒲生邸《がもうてい》に遣わされたばかりだ。小五郎は少々身構えていたが、法水の表情は穏やかだった。

「堺の一件は、もうお聞きか」

「いや。詳しくは、これより針侍従から」

法水は再度ひとつうなずいた。

「知ってのとおり、堺は将軍三家の領外。正しくは天子様の御料地でさえないが、何か事が起これば刑部省がこれにあたる」

今度は小五郎がうなずいた。

「したがって、此度《こたび》のことも、拙者が事に当たるのが筋なのだが……」

そこで法水は声を潜めた。

「実は、ここ数日、京で不穏な出来事が相次いでいる」

小五郎は天晴の顔を見た。天晴がかすかに首を振った。

「昨日、さる商家で弔《とむら》いがあった。当年十四になるその家《や》の娘が、肺病で苦しんだ末に一昨日亡くなった。ところが、通夜を終えて朝になってみると、棺桶の中の亡骸《なきがら》が消えていた。午すぎになって、刑部省に届けがあがってきたのだが、そこで、そういえばと思い当たる者が、省内にあった。さらに遡《さかのぼ》ること二日。洛中の公家の家で、娘の亡骸が、出棺のおりに消えていたと」

小五郎の表情がわずかに動く。

「しかも、その三日前には、洛外ではあったが、質屋の隠居の老人の骸《むくろ》が、通夜の準備をしているうちに無くなったという届けが、検非違使《けびいし》庁に出されていた。そのほかに同じような例がないかは、調べているところだが、帝のお膝元でのことだけに、検非違使庁任せにして放ってはおけぬ。堺も大きな町なので、拙者が事にあたらねばならぬのは重々承知だが、わが身ひとつでは、それも叶わぬ。それで、明智卿の御助力を願い出た次第」

「法水卿からですか？　宮中の方からでなく」

「左様」

「そうですか。……で、骸がなくなったというのは、盗まれたということですかな？」

「それも分からぬ。なにせ、突拍子もないことゆえ、亡骸が消えた経緯《いきさつ》もこれから調べるところ。分かっているのは、質屋の老人は老衰で、公家の娘は奔馬性肺壊疽だったということくらい」

小五郎はしばらく黙り込んだが、やがて口を開いた。

「分かり申した。しかし、わざわざご説明にお越しいただくとは恐悦しごく」

そう言うと、法水は口許をほころばせた。

「いや、なに。来訪の本当の理由は、礼を言いたかったからなんだ。本正《ほんまさ》の息子を飛ばしてくれただろう」

「中務卿《なかつかさきよう》の？……」

徳川家臣には本多姓が多いため、諱《いみな》の一字と組み合わせて、本勝《ほんかつ》、本一《ほんかず》、本靖《ほんやす》、本宗《ほんそう》などと称される。四百年以上前の家康の時代から続く正信、忠勝の家を本正、本忠《ほんただ》と呼ぶことくらいは、小五郎も知っている。初代正信以来、本正は徳川の懐刀。侍従職針一族との折衝がある中務卿には、将軍三家いずれも切れ者を置くのが倣《なら》い。とはいえ、なぜ、ここで本多正信の名前が出るのか、小五郎には腑に落ちない。

「ほれ、攘夷処《じょういどころ》の大佐殿さ」

小五郎と天晴は同時に「あっ」と声をあげた。

「表沙汰にはなっていないが、蒲生邸の一件でお役目を解かれて蟄居《ちっきょ》となった」

蒲生邸の一件の詳細は『明智卿死体検分』をお読みいただきたい。

「自分が中務卿だけに、針に弱みを作れないから、息子は切腹させると猪四郎《いしろう》は先に言ったらしいな。なに。針だって好からぬことは考えているんだ。そもそもは東宮《とうぐう》の女癖からきたこと。腹を召すと言ってみせて、蟄居くらいで手を打つ。猪四郎のやりそうなことだ。……それに、逃げ道を作っておいてくれたんだろう？　そう聞いている」

法水卿の表情は楽し気でさえあった。

「あの大佐は、本多卿の御子息でしたか」

小五郎の口調には、道理でという気配が自ずと籠る。法水の饒舌《じょうぜつ》の度が増した。

「あそこは息子が四人いるんだ。長男がぼんくらなので若隠居させて、次男に正信を継がせることにしたが、実は、一番切れるのは三男なんだ。ところが京の政務職を嫌がるどころか、攘夷処なんぞという怪しげなところを好んでやりたがる。また、性に合ってるらしくて、めきめき頭角を現わした。徳川の内々では猪四郎の作った怪物《ゴジラ》と恐れられていたんだ。……が、ものには分限というものがある。攘夷処が合っているわりには、あいつは動きが派手で、波風が立ちやすい。蒲生邸のことにしても、攘夷処のお役目かといえば、本来怪しいものさ。そういう勝手なところがあるから、小田原でも京でも、眉を顰《ひそ》める者は多かった。だから、今回のことで、明智卿の徳川での株は、むしろ上がったのではないかな」

そうまで言われると、小五郎はかえって褒められている気がしない。

「とにかく……」

法水が言いかけたとき、突然、襖が開き、同時に「お父さん！」と声がした。追いかけるようにして、遅ればせながら「お父上にはお客様が」という声が続く。襖の向こうには、ひょろりとした若者が立っていた。黒のガウンは西洋風だが、生地も薄く墨染に近い。その下の着衣が白く、袴が藍《あい》一色なので、大学生の正装《アカデミックガウン》と分かる。確かに正装ではあるのだが、天晴はその姿の者を宮中で見るのは初めてだった。若者は、自分のしでかしたことに気づくや、さっと平伏し「ご無礼つかまつりました」と叫んだ。

「リンタロー！」

そう一言発したものの、法水はあとの言葉が続かない。瞬時に事情を察した小五郎が穏やかに言った。

「刑部卿の御子息ですか。初めてお目にかかります。明智小五郎権刑部卿越前守《えちぜんのかみ》でござる。こちらは陰陽寮上級陰陽師の安倍天晴殿。さ、構わぬので、面を上げて中に入られよ。よろしゅうございますね、刑部卿。拙者、堅苦しいのが、実は大の苦手ですのや」

若者はかすかに顔を上げ刑部卿の顔を窺う。法水が渋々うなずいた。

「装束を見るところ、御子息は京の帝大にご在籍ですか」

若者が末席を占めるなり、小五郎が言った。

「左様《さよう》。母親を早くに亡くしまして、親ひとり子ひとり。拙者の京勤めが長引いたため、小田原の徳川の大学ではなく、京に呼び寄せました」

「最前、リンタローとお呼びであったが……」

天晴が口を挟んだ。不審そうな気持ちが出ている。麟太郎《りんたろう》は法水の柱名である。みだりに名乗れないし、名乗れるとすれば、当代刑部卿である父親の方のはずだった。法水は、困ったような照れ笑いをした。

「まことに親バカな話ですが、末は柱名を名乗れかしと、文字違いで糸偏の綸太郎《りんたろう》と名づけました。とんだ名前負けとなっております」

「なんの。京の帝大にお入りだ。優秀な跡継ぎでござろう」

小五郎は褒めたつもりだったが、刑部卿は苦い顔になった。

「それも学問に励んでこその話。探偵ものの読本《よみほん》の結社などに入りおって……。戯作三昧《げさくざんまい》の果てに、読本作者になるなどとぬかしております」

「それも良いではありませぬか。確か、米澤藩《よねざわ》を脱藩して、読本の作者になった侍がおったように思いますが。『玉と軽技』とかいう本を読みましたぞ」

「明智卿もお好きなのですか。あれは良うございました」

綸太郎が明るい声で言った。

「綸太郎殿もお読みでしたか」

「感動のあまり一首詠みました」

「うかがいましょう」

「マチちゃんを　太刀洗《たちあらい》と呼ぶ子らがいて　ネパール王国　東京ロッジ」

「御見事！　座布団一枚」

「お粗末さまでした」

ふたりの話がはずむほどに、刑部卿の顔は苦々しさを増していった。苦笑まじりで、その場を眺めていた天晴だが、さすがに話題を変えねばまずいかと考えた。

「それにしても、綸太郎殿は宮中に慣れたご様子。父君《ちちぎみ》の公務にご随行のほどの表われと見ましたが」

しかし、天晴の意に反して、法水はますます渋面になった。

「此奴《こやつ》は角野宮《かどののみや》の御学友でしてね。それもどうしたわけか、末の宮様にえらく気に入られて、拙者より頻繁に宮中に呼ばれております」

「角野宮様も読本がお好きなのですよ」

綸太郎がすました顔で言った。

「とんだ邪魔が入り申した。明智卿は堺へお急ぎの身。これ以上のお引止めはご迷惑でござろう。すみませなんだ。針殿の屋敷への道々の話は、これで終わりにいたします」

さすがの小五郎も、この若者が現われたのが、怪事件勃発に、父親である刑部卿が呼び寄せたものだとは気づかなかった。後年、小五郎のライヴァルとなる法水綸太郎との、これが初顔合わせであった。

2　朱雀《すざく》大路を朱雀と呼ぶ者はいない

針一族《はりのいちぞく》の開祖である針迫弾《はりのせるだん》は、氏素性を詳《つまび》らかにしない。京の出でないことだけは確かで、宮中では騾《ら》馬《ば》と陰で呼ばれながら、それでも、表だって、迫弾と対決する意志を持てる者はいなかった。天下三分の計を、時の帝に具申して信頼を得たことは、周知の事実だが、迫弾が死んだのちも、帝が重大な決断に迫られると、夜な夜な寝所に迫弾が現われては策を授けると噂されている。一方で、迫弾は目立つことを好まなかった。どれほど権勢を得ようと、二条《にじょう》通りの西のはずれにある陋屋《ろうおく》で、死ぬまでひっそり暮らした。子孫はそれなりの数が生まれ続け、針一族と呼ばれるほどになったが、大きな屋敷を構えることはなかった——当代当主、針千本《はりのせんぼん》が出るまでは。

針千本はすでに四代の帝に仕え、筆頭侍従としては二代に渡る。若くして才気煥発で、武家祐筆《ゆうひつ》の名門中原《なかはら》家の十六世中原横歩《よこふ》が、これほどまでに華やかな才気の針は、開闢《かいびゃく》以来例がないと嘆息したという。その千本が、還暦を期に、朱雀《すざく》大路の西沿い、三条《さんじょう》通りから北にかけて大邸宅を構えた。それから十年。今や、朱雀大路を朱雀と呼ぶ者はいない。京の誰もが千本通りと呼ぶようになった。それでも、千本の心中では、繁華な左京ではなく右京に構えたのは遠慮の現われということになるらしかった。

控えの間に案内された小五郎と天晴は、しばらく待たされた。京の公家《くげ》は人を待たせる。ここでも茉莉花茶《まつりかちゃ》が供された。飲み終えたのを見計らったかのように、応接の間へ通された。

「お初にお目にかかります。明智小五郎光秀権刑部卿越前守《ごんのぎょうぶきょうえちぜんのかみ》にございます」

「ご足労おかけしました。面《おもて》をあげて、楽にしておくれやす。筆頭侍従、針千本でおます」

千本の声は高かった。私邸ではあったが、公式の面会なので、装束は整っていた。

「柱名継《はしらな》がはったそうですな。おめでとうございます」

「ありがとうございます」

「堺には明智卿が行ってくれはるんですな。お上《かみ》もさぞ心強いことですやろ」

そこで、千本がかすかに笑った。

「蒲生邸のことは上手に収めてくれはって、私からもお礼申し上げます。剣山《けんざん》はきつうに叱っておきましたので、あないな不始末は二度と起きしまへんやろ」

千本は天晴の方を向いた。

「天晴《あまはる》はん。お父上は息災か？」

「はい。桂の隠居所でのんびりしております」

「それは、よろしおす。お父上を英仏帝国通詞方《つうじかた》に推挙したんは私やが、お勤めが二回りを超えるとは正直思わなんだ。よう仕えてくれはった。くれぐれもよろしうお伝えください。天晴《あまはる》はんも、御立派になってなにより。明智卿とは気が合うようですなあ」

「で……。堺の一件ですが、詳細は何もうかがっておりませぬ。千本様に聞けとだけ」

小五郎が話を本題に戻した。千本はひとつうなずいて、手許の茶を一口すすった。

「明智卿もご承知のように、堺は日《ひ》の本《もと》で唯一つの主無《あるじなし》の町。代官を置いてはいるものの、持ち回りの上に、時の将軍家臣からは出さへん決まり。いまは、そちらの佐々《さっさ》様が堺の代官を務めておられる」

「確かに。織田の殿様の命で、佐々様のもとに、明智からも人を出しております」

「昨日、その堺代官から、テレソンが入りました。代官付きの上級陰陽師が行き方知れずになったと」

小五郎と天晴は顔を見合わせた。ともに驚きが隠せない。

「前日の未《ひつじ》の刻（午後一時から三時）あたり。どうも気になると一言残して代官所を出たきり、戻らへんかったといいます。翌日——昨日ですな。朝から一度も姿を見せない。午前《ひる》から、これは怪しいと八方手をつくして探したものの、影も形もあれへん。身の回りの世話をしている内弟子が言うには、前の晩から戻っていいひんと。そっちはそっちで心配して、代官所を訪ねようか思てたいうことです。結局、昨夜遅く、こちらに一報を入れたという次第一」

「その陰陽師の名は？」

小五郎が言った。

「土御門正史《つちみかどまさふみ》言います」

「知ってるか？」

小五郎は天晴に訊ねた。

「はい。堺の代官付きを務めるくらいですから、腕はもちろん立ちますが、古今東西の魔術に通じた学者として優秀な人です。齢《よわい》五十はとうに過ぎていたと思いましたが」

「左様《さよう》。五十六でおます」

「その陰陽師が、気になることがあると言っていた……」

小五郎が呟くように言った。

「で、これは、その内弟子が言うてたことやそうですが、堺の街場の陰陽師のあいだで、妙な噂が流れてたらしいんどす」

「妙な噂？」

「はいな。腕利きの上級陰陽師ないしは上級相当を、急ぎ探したある者《もん》がおると」

「陰陽師を？」

小五郎は小声で言ったすぐあとで、天晴の方を見やった。

「陰陽寮の術師は、申請すれば力を貸してもらえますが、上級ともなれば、手続きも煩瑣ならば、術の用途や目的など問われることも多い。実際のところ、将軍家や朝廷の公務以外にかり出されることは極めて珍しゅうございます。有力大名や大商人なら、ひとりふたり上級相当の陰陽師を抱えているのは珍しくありませんが、その場合は、あらためて探す必要はありますまい。病を治すとか鍵があかないとか、その程度なら、中級者で充分ですから、街場で術師の看板を掲げている者を頼ればよい。上級相当を探すというのは、あまり考えられることではありません」

　そう答える天晴も、ことの次第が不思議そうだ。

「それに、腕利きというのも、気になります。ある程度以上力のある陰陽師は、上級で一括されますが、その実力は、かなりばらつきがあります。どの程度の力の者が求められているのか……」

「陰陽寮には問い合わせたのでしょうな」

「もちろん。上級陰陽師の助力願いは出てまへん」

「確かに奇妙ですな。ほかに聞いておくことはございませんか？　なければ、早速堺に向かうことにいたします」

　千本の屋敷を出ると、小五郎と天晴は、三条通りを東へ向かった。左手に将軍の京での居城である二条城が聳えている。いまは徳川将軍が在京の折に住んでいる。その南一帯、四条《しじょう》あたりまでは将軍三家とその重臣の武家屋敷が多い。織田の京屋敷は、三条大宮を東に入ったところにあった。将軍職なので、広さ一町の屋敷である。恒《つね》の京屋敷を持たない明智は、織田の屋敷で用を足すことになる。

織田の屋敷につくと、屋敷付けで小五郎宛にテレソン書状が届いていた。

「堺代官にいる藤田からだ」

小五郎はそう言うと、中身に目を通し、読み上げた。

「御来堺とのこと。当地剣呑《けんのん》ゆえ、遠縁の腕達者を呼び寄せ候《そうろう》。御迷惑承知の上」

よほど急いでいたのか、走り書きだった。

「どういうことでしょう?」

文意を図りかねた天晴が呟いた。小五郎は笑って答えた。

「お殿様の身を案じて、腕のたつ者を呼んだいうことや。堺は京や安土に比べて物騒なとこらしいからな。御迷惑というのは、こないなことは迷惑がる、拙者の気性は呑み込んだ上ということ。伝衛門《でんえもん》らしいの」

「物騒?」

小五郎は、先着させていた家人が運び入れた折衷《せっちゅう》ばさらに着替えながら、話しはじめた。

「千本も言うておったが、堺は日の本で唯一つの主無《あるじなし》の町。将軍三家いずれの領地でもなければ、帝の御料地でもない。町人自ら治める町――と言えば聞こえは良いが、その分、やりたい放題の輩《やから》がいても、これを咎《とが》める者はおらん」

元結《もとゆい》に合わせた浅葱《あさぎ》色の襦袢《じゆばん》の上に、洋風に裾が絞ってある薄い鼠《ねずみ》色の袴《はかま》を小五郎は着けた。長着は薄紫。金糸の刺繍《ししゆう》をほどこした小ぶりの襞襟《ラッフル》が目立つ。

「それでも、堺にはいかなる税もかけるべからずという、取り決めは大きい。実際、相応の理由があった時にかぎり、棟別銭《むねべつせん》のみ課すべしということになったある。これを考えたのも、針迫弾らしいけどな。堺に蔵や屋敷を持つと、いつ何時、巨額の棟別銭を求められるか分からぬ。確かに、堺は商いが盛んになった。あそこで稼げば、もうけただけ全てが稼ぎだ。しかし、蔵を持たねば、すぐに運びださねばならぬ。結句、本当に富んだのは、蔵や屋敷を持てるだけの余裕のある大商人だ」

蒲生邸のときの、洋風とも和服ともつかない兄目《あにめ》羽織と異なり、小五郎は厚手の皮の胴着を付けた。鎧《よろい》ほど頼りにはならないが、それでも一太刀浴びた時に命に到らぬ用心だ。長着よりわずかに濃い紫の背中に桔梗《ききよう》の紋が水色に抜いてある。

「そういう大きな商家が旦那衆となって、堺はようやく落ち着いた。それでも、堺に詰めている藤田は、剣呑な土地と、殿の心配をしておるのさ」

衣装が整うと、乱れた髷《まげ》を髪結いにあたらせ、簡単に直す。

（相変わらず派手な人だ）

着替えを終えた小五郎を眺めながら、天晴はそう考えた。そんな天晴に小五郎が話しかけた。

「上級陰陽師の身を捕らえるいうことが、出来るもんなんかいな」

「どうでしょう。その術師の使える術にもよりましょう」

「かりにアッパレがそうなったとしたら？」

天晴は虚をつかれた。そんなことなど考えたこともなかった。

「気失《きう》せの術が使えれば、たいていの縛りは防げましょう」

「気失せ？　蒲生邸の将曹《しょうそう》が使っていたやつか？」

「ええ。あれは封でしたが、たとえば、こちらの身を縛ろうとする気を失せさせるといったふうにも使えます。あと、術師がよく用いるもので、日の本では接近原理と呼ばれている術があるのですが、術師の道具箱や鞄などは、その付近にいる者たちが、自らはそれと気づかぬうちに、順次、術師のもとへ運びこむように術をかけてありますから、たとえ一時的に囚われても、すぐに道具の方からこちらへやって来ます。道具と術華集《アンソロジー》さえあれば、まあ、たいていの捕縛は無効に出来ましょう」

「ということは、身の自由を奪うことなど、無理ということか」

「問題は、相手方に、それを上回る陰陽師がいたときです。術を封じられたり、破られたりすることは考えられましょう」

「なるほど……だがな、天晴。それはおかしいぞ。そんな腕の立つ陰陽師がいるのなら、どうして、いまひとり別の陰陽師を探さなきゃならんのだ?」

3　兄者！

遅い昼餉《ひるげ》を織田の屋敷で済ませた小五郎と天晴は、三条通りを東に戻り、賀茂の河原《かわら》に出た。そこから九条まで渡しで南へ下る算段だ。三条から四条あたりの賀茂川沿いは、一条あたりとは違って、賑わいも猥雑《わいざつ》だ。文字通り河原者が多い。中年男の唄にあわせ、露骨な腰の振りで、かんかんのうを踊っている年増女がいた。昼日中ゆえ、乱れた衣の陰から太股が覗くくらいだが、日が落ちるにつれ、衣装が少なくなっていき、最後には春をひさぐ。屋敷町では目立つ小五郎の折衷《せっちゅう》ばさらも、ここでは数寄《すき》のひとつにすぎない。右は懐手《ふところで》のまま、差した刀の柄に乗せ、やはり袂《たもと》の中の左手で、船賃の銭を探っているらしい。天晴の目には、心なしか、小五郎が生き生きとしているように見えた。

「小壱郎《こいちろう》！　小壱郎ではないか」

河原の方から声がした。目を向けると、雲をつく大男がひとり、左肩に小人《こびと》と見まがう男を乗せていた。大男は京一条駅で出会った茶商人よりも、さらに大きかった。

(今日は見上げてばかりだな)

天晴は心の内で呟いた。坊主頭の大男の肩に乗っている蓬髪《ほうはつ》の小人は、まるで鸚鵡《おうむ》のようだ。声をかけたのは、その小さな男の方だった。どちらも汚れた白の袷《あわせ》に白の股引。真っ赤な帯を締めている。

「いや、小五郎を継いだんだったな。京雀《きょうすずめ》の耳は早いぞ」

「兄者！」

小五郎の表情が明るくなった。

「お久しゅうござる。京においででしたか」

「おうよ。お前こそ、京はお勤めか」

小男が大男の肩から飛び降りた。降り立つと、男は小人というほど小さくはなかった。肩の上にいたときは身体を折るようにかがめていたのだろうが、それにしても、小さく見えた。

（術が使えるのだな）

術師と呼ぶほどでもなく、また修行もしていないが、タレントのある者が、一瞬先を予知したり、他者を錯覚させたりできることがある。この男の場合もそうなのだろう。

「これから京九条駅まで下って、堺に参るところ」

「堺？　そうか……下りの渡しは出たばかりのところ。暇はあろう。少し見ていけ」

小男はそう言うと、大男に顎《あご》で合図して、河原へすたすた歩き始めた。

「どういうお知り合いなのですか？」

天晴が小声で訊ねた。

「兄だ」

天晴は驚いた。小五郎が兄者と言ったのを聞いてはいたが、額面通りには受け取れなかったのだ。

「あの小さい方《かた》がですか」

「両方ともだ」

「……」

天晴にはわけが分からない。

「双子なんや。軽技の世界では、東の花園《はなぞの》、西の明智といって、似ても似つかぬ双子として有名らしい」

「双子のお兄様……ですか」

「血はつながってないけどな」

ますます分からない。

河原のあたりには、すでに人だかりが出来ていた。小男は川べりから五十歩歩いて、その地面に踵で一筋の線を引く。大男がどこからか弓と鏑矢《かぶらや》を取り出していた。小男はそれを受け取ると、高々と掲げて口上を叫んだ。

「さあて、お立合いの皆々様。中に力自慢の方はおられぬか？　弓自慢はおられぬか？

いま引いたこの線、賀茂の川まで五十歩でござる。さらに川幅が五間（約九・五メートル）。この鏑矢を引いて、向こう岸まで届けば一分銀を進呈しよう。ただし、壁が一枚。我らふたりが立ちはだかる。それを越えて届けば進呈しよう。いかがかな。腕に自慢の方はおられぬか？」

小男が、手にした弓を、人だかりの前列の幾人かにつきつける。中のひとりが、歩み出て、それを受け取った。

「拙者が試そう」

男は身の丈五尺七寸（約百七十一センチ）あまり。筋肉質で締まった身体をしていた。絣《かすり》の長着に赤みを帯びた茄子紺《なすこん》の袴《はかま》が目立つ。小男が微笑《ほほえ》んだ。

「おお！　那須紺《なすこん》の与一《よいち》殿か。これは引けそうじゃのお。見事届けば一分銀じゃ」

弓を渡された男は、何度か軽く弓を押してみる。その間に、小男が薄汚れた笊《ざる》を手に、見物衆の間を回った。

「さて御見物衆。見ているだけでは面白くなかろう。鐚銭《びたせん》でかまわぬ。一枚でウマに乗らぬか。見事届けば、乗った方にも一分銀を差し上げよう。どうじゃ？　どうじゃ？　乗る方はおらぬか？　なに？　弓に飛ばぬよう細工がしてあるのだろうとな？　なにを馬鹿な。……仕方がない。一度試し射ちを許そう」

大男が鏑矢を男に手渡す。受け取った男は、鏑矢を番《つが》えながら小男に向かって言った。

「某《それがし》、以前，其方《そなた》たちの芸を見たことがある。からくりは分かっているのだ」

言うやいなや、番えた弓を天空に向けて射た。鏑矢は先端を竹べら状に割ってあるのか、普通の鏑矢とは異なり、ばらばらと唸るような音をたてた。矢は川のあたりまで高く高くあがり、やがて真っ逆さまに落ちてきた。

「上がりすぎや。あれでは届けへん」

見物衆のひとりが叫んだが、矢を射た男は自信ありげに微笑んでいる。鏑矢は対岸ぎりぎりのところで川に落ちた。

「惜しい！」

誰ともしれぬ声があがる。

「試し射ちはありがたかった。今度ははずさん」

弓を射た男はそう言うと、片肌を脱いだ。一部始終を見ていた小五郎が呟いた。

「確かに、あの男、兄者たちの芸を知っておるようだの」

その間にも、小男が笊を手に、取り巻く見物衆から鐚銭を集めている。試射を見て、銭を出す者が増えていた。かなりの銭が笊にたまった。双子の兄弟は川岸に向かって歩いた。

小男が叫ぶ。

「拙者が右手を振るのを合図に射られよ」

片肌脱いだ男が鏑矢をつがえる。左手で弓を押すと、一度、まっすぐふたりの方へ狙いを定めた。小男の腕が振られるのを合図に、男は弓を天に向けた。ぎりぎりまで引き、さっと射る。矢はばらばらと音を立てて、高く飛んでいく。十間は上がったろうか。大男は自分の目の前で中腰になった小男の両肩に手をかけた。

「子《ね》の……戌《いぬ》だ！」

小男が叫んだ。次の瞬間、大男は小男の身体を、自身の真後ろ斜めやや上方に投げ上げた。小男の身体が五間の川幅を越えて、中空を飛ぶ。向こう岸に達する直前、落ちてくる鏑矢をはっしと右手に摑んだ。摑むなり「月面宙返り《ムーンサルト》！」と一声叫んで、今度は身体全体を伸ばしたまま、二回と半分身体を捻る。そして、鏑矢を摑んだまま、その真下の川面に降り立った。水飛沫《しぶき》があがる。対岸まであと一尺あまりだった。

見物人の間から「おおっ」という声があがった。矢を射た男は、呆然としている。

「惜しゅうござったな」

水を滴らせながら、小男が笑顔で歩いてきた。男は我にかえると、右肩を袖に通した。

「いや、面白いものを見せていただいた。弓には、少々自信があったのだが……あれで無理なら手立てがござらぬ」

大男が笊の銭を革袋に移して、小男に渡した。小男は小五郎のところへやって来ると、その革袋を差し出した。

「持っていけ。堺の町中では、安土や京の銀はもちろん、銅銭も受け取ってもらえへんことがある。両替屋は足許見るしな。こういう悪銭の方が実は通用する」

「しかし……これは兄者たちの稼ぎであろう？」

「なに、俺たちは、もう一稼ぎも二稼ぎもする。遠慮せず持ってけ」

小五郎は少しの間考え込んだが、礼を言うと革袋を懐にしまった。

「兄者。家に戻る気はないのか」

「何を言う。俺たちがいて、やりにくいのは、お前の方だろう」

「いや、そういうことは」

「それにな」

小男は小五郎に皆まで言わせなかった。

「勝手気ままは、明智の家風。お前もそうであろうが」

「……」

「俺たちには、これが似合っておるのさ」

それだけ言うと、川岸で待つ大男の方へ、歩いて行った。やがて、再び人だかりが出来はじめる。立てかけてある小さな木札の前に、大男が笊を置いた。木札には「かるわざ球七《きゅうしち》、球八《きゅうはち》」とあった。

4　振り子のように

石畳《いしだたみ》は雨に濡れていた。夜じゅう降り続いた雨は止んでいるが、雲行きは依然怪しい。わずかな仮眠をとっただけで、歩きづめの身に、雨を吸った蓑《みの》がいささか重い。それでも、男は急ぎ足を保った。男の山籠もりは、一門のうちで知らぬ者がない。まして本家の主《あるじ》は、毎年の行《ぎょう》にいくらかの金子《きんす》を包んでくれる。それを切り上げろとテレソンが入った。大切な役目が待っているにちがいなかった。

目の前の坂道が幅の広い石段になっていた。坂下に人影が見えた。雨上がりの山間は声が通る。数人の人影が諍《いさか》いの声をあげていた。男は立ち止まると、慎重に道端の木陰に身を寄せた。木立ちの中で文字通りの隠れ蓑になる。目を凝《こ》らすと、遍路らしきふたりを数名の男たちが取り囲んでいた。遍路は、年恰好はもちろん、男か女かも分からない。すると、男たちが、ふたりの遍路を引き離そうとし始めた。悲鳴から遍路のひとりが女と知れた。男は腰の大刀に手をかける。伸び上がるようにして木立ちから石畳に出ると、石段を駆け下りようとした。その刹那、男の脇を疾風《はやて》が吹いた。思わず立ち止まる。

（猿《ましら》か！）

一瞬そう考えた。だが、疾風は弾むかのように石段を下って行き、下りながら、長刀を抜き放った。そのまま左肩に抱えるように構えながら駆け降りる。逆手になっている。

（左利き？）

男は目を見張った。日《ひ》の本《もと》の刀の持ち手は、利き手の左右にかかわらず、普通は右手が前にくる。逆手の男は一散に駆け下《くだ》る。遍路の右手を、男のひとりが、背後から摑み引きずろうとしているところに斬りかかった。その男の左手の真下、腰あたりに手挟《たばさ》んだ大刀が見えた。剣の心得があるらしかった。

（それが仇《あだ》か）

なまじ心得があるばかりに、常とは逆側から袈裟《けさ》懸《が》けにされた太刀に、男は思わず遍路の手を離した。しかし、蓑の男の遠目にも、その太刀が斬りにいっていないことは明らかだった。それが証拠に、斬りかかった男は左手一本に刀を握ると、放たれた遍路の手を右手にとり、男から遠ざけた。すかさず、もうひとりの遍路も、乱入した男の背後に隠れた。若い男だった。瓢簞《ひょうたん》の形をした顔に無精髭が、坊主頭と同様かすかに青い。男は右手に剣を持ち替えると、真一文字に相手に向け、左手で右袖の肩あたりを軽く引き上げた。次に白の袷《あわせ》の背中に〇に五十一の文字が見えた。やがて、わずかに右足を地面から離すと、間ゆっくりと弧を描くようにして剣を左肩あたりに立てて両手で構える。やはり逆手だった。合いを測るかのように振り始めた。相手の男たちは四人。うちふたりは帯刀している。

（かなり使いそうだが、四人相手で刀が二振り。さすがに斬らずには守れぬか）

そう考えるより先に、蓑の男は道に飛び出しながら叫んでいた。

「待て、待てい！」

石段を駆け降り、睨み合っている一同の間に立つ。遍路のふたりを左利きの男とともに隠すようにして、柄に左手をかけ腰を落とした。

「某《それがし》、織田家家臣にて堺代官、佐々越中守《えっちゅうのかみ》配下の者。泉州《せんしゅう》は羽柴領とはいえ、熊野《くまの》街道は堺の衆の信心のための道。そこでの狼藉《ろうぜき》を見過ごすわけにはいかぬ」

左利きの若者が、突然現われた男にちらりと目をやる。蓑の男の右差しに目をむいた。驚く暇《いとま》もあらばこそ、蓑の男は左手で抜刀すると、次の瞬間には、刀を構えた男のうち、向かって右側の男の左小手《こて》に斬りつけ、返す刀をその左隣りの男の足許に一閃させた。刀を持った男の甲手紐《こてひも》がぱらりと切れ落ち、隣りの男の草鞋《わらじ》の鼻緒が切れている。慌てて引っ込めた手や足から、小手と草鞋だけが元の場所に残って落ちた。ふたりとも震えあがっている。その様子を見た、残りのふたりも、すぐに劣勢を悟った。ひとりが「くそっ」と一声叫ぶと、四人の男は我先に坂道を駆け下り逃げていった。

「ありがとうございました」

遍路は老いた男と若い娘だった。

「このあたりには、不逞の輩《やから》が多いので、道中守ってやるから金を寄越せと無理を吹っ掛けられておりました」

「あやつらこそ不逞の輩」

　蓑の男はうっすらと笑う。

「これからは？」

「はい。帰り道で、下るところ」

「なら、しばらく様子を見た方がいい。奴らが待ち伏せているかもしれぬ」

「お見事でした」

　左利きの若者が刀を収めながら言った。

「ぼくも左利きですが、左遣いどころか、刀を右に差す。そういう人には初めて会いました」

「町中では左に差しますが、戦《いくさ》に出るときは右に差します。それよりも、貴公の構えは左遣いにしても珍しい。どちらで御修行なさった？」

　ふいに若者が笑い出した。

「御修行もなにも……お侍さんは越中守ご配下とおっしゃってましたね。ぼくはしがない旅芸人ですよ。居合で大根を切ってみせています」

「いや。左遣いゆえ、行きつくところは我流にならざるをえんでしょうが、とば口からそうでは、あれほど使えるようにはなりますまい」

「ついた師はおりますが、末が大根切りの旅芸人では、師の顔をつぶすだけ。ご勘弁を。……それより、お願いの儀がございます……」

「願い？」

「一手、御指南《ごしなん》いただけませんか。左遣いに、それもこれほどの腕の方に会うのは、初めて。これからも、そうはありますまい。是非、一太刀で結構ですから、ご教授願いとうございます」

「しかし、本身しかござらぬが……」

若者はにやりと笑っている。

「左様《さよう》にござるか」

男は蓑を脱ぐと、左手を右差しの刀の柄にかけた。若者はさきほどと同じように、まず右手一本で刀を持つと、真一文字に相手に向けた。左手で右袖の肩を引きあげる。やおら円を描いて剣を左肩に担ぐように立てて構えた。完全に半身で、左胸に描かれた文様が、相手からは見えない。侍の方がじりじりと間合いを詰めた。若者の右足がすっと上がり、振り子のように揺れ始めた。その右足の動きだしを狙って、侍の左手が刀を抜いた。そのまま、若者の右小手めがけて斬りこむ。

(捉えた)

侍は手応えを感じた瞬間、刀を止めた。右小手半寸(約一・五センチ)の間合いで、刀が止まる。

はずだった。だが、鋼《はがね》のぶつかる音がして、侍の刀を若者の刀が受け止めていた。侍は、そのまま後ろに飛び退《すさ》った。若者が大きく息をつく。

「お見事、よくぞ受けられた」

侍は刀を収めながら言った。若者は肩で息をしている。

「無我夢中でした」

そう言いながらも、すでに左手の太刀で、いま見たばかりの太刀筋を真似ている。

「大根を切って口に糊《のり》する腕ではござらぬ。拙者、越前守《えちぜんのかみ》明智家家老藤田伝衛門家中の者で藤田平四郎《へいしろう》と申す。仕官されるお気持ちはないか」

「いやあ……ありがたいお言葉ですが、ぼくは旅芸人が性に合っている。侍というのは……どうも……」

「……そうですか。勿体ないことだ。……せめて、お名前だけ」

「鈴木《すずき》一朗字《いちろうじ》と申します。……もしや、藤田様は道中お急ぎなのでは、ございませんか。ぼくは急がぬ身ゆえ、このおふたりを安心できるところまで、お送りしますので、藤田様は先をお急ぎください」

「それはありがたい。実は堺に急ぎ向かわねばならぬところでした」

「ほう！　ぼくも向かう先は堺。またお目にかかれるやもしれませんね」

そう言うと、左使いの若者は、また、にやりと笑った。

5　木がお辞儀してんねん

小五郎と天晴が堺に着いたのは、すでに日暮れたのちだった。町中まで、少し歩かねばならなかった。列車の駅は堺にはない。住吉大社奥《すみよしたいしゃおく》という駅が終点だ。椎名遺聞が最後に施工を命じられた駅舎だが、日《ひ》の本《もと》滞在中に寺社建築に魅せられた遺聞が、宮大工を用いたがった。しかし、神社仏閣以外のものを、宮大工は手掛けるわけにいかない。窮余《きゅうよ》の策として、住吉大社に列車を停めるための駅ということにして、大社の南側に隣接する土地を寄進させ、そこに社殿《しゃでん》としての駅舎を造った。おかげで、堺まで一里（大人の足で一時間歩いた距離。約四キロ）ほど手前から歩くことになる。そして、その道は、土地を寄進した者たちの手で、遊行の大通りとなった。

闇が降りている。駅舎の門前で、人足たちが足場を組んで、巨大な立て看板を組み立て終わろうとしていた。「歓迎　根春《ねはる》王国皇太子殿下」と朱色の文字が、夜目にも鮮やかだ。大鳥居を抜ける。そこからは一本道だが、堺の市中までに幾筋もの小さな川が流れている。その川の上に乗るかのように構えた、船宿めいた茶屋が多い。川と堀から成る環濠《かんごう》は、英仏帝国や波蘭《ポーランド》王国の宣教師や商人たちが、堺のことを、東方の勿搦祭亜《ヴェネツィア》と呼んだ所以《ゆえん》のひとつだ。茶屋の紅灯が川面に映って倍の明るさ。その中を浮かれ女《め》の嬌声がかまびすしい。

（ここの猥雑《わいざつ》さには、贅《ぜい》がある）

堺が初めての天晴には、四条の河原《かわら》とは、また違った賑わいに思えた。小五郎は微笑《ほほえ》みを浮かべながら、茶屋が並ぶ通りを歩む。それでも、声をかけてくる女たちには目もくれない。懐手《ふところで》のままずんずん歩いていった。天晴と、お付きのものがひとり、小五郎に続く。従者は小五郎の行李《こうり》と天晴の洋風の皮鞄を結わえた竿《さお》を担いでいる。

「殿！　殿！」

前方から声がした。駆け寄ってくる人影があった。小五郎の顔がほころんだ。

「おお。藤田か」

裃《かみしも》を着けた中背の侍が、伴の者をひとり連れて、足早に駆けてくる。五十をいくつか出たところだろうか。丸顔で血色がよい。

「紹介しよう」

小五郎は天晴に向かって言った。

「うちの家老の藤田伝衛門だ。いまは堺代官の佐々様のもとに出してある。こちらは、陰陽寮の安倍天晴殿。堺では何をやってるんや？」

伝衛門は天晴に一礼すると言った。

「堺検非違使佐《さかいけびいしのすけ》で、市外を見ております」

「検非違使佐だと、それは好都合。しかし、市外いうんは、何や」

「堺と申しましても、棟別銭《むねべつせん》一切拒むべからずの市中と、次第にて容赦の市外とに分かれております。商家の多い市中は狭うございますが、人家《ひといえ》ともに多い。その外を囲みます市外は広さこそありますが、市中ほど栄えてはございません」

「ふーむ。……で、剣呑《けんのん》なんは、どっちや?」

「両方ともにございます」

藤田の答えに、ふたりしてにやりと笑う。

(息の合った家老だ)

天晴はそう思った。

「実は、お迎えが遅れましたには仔細《しさい》がございます。代官所を出る直前に、検非違使がひとり、今朝がた土御門《つちみかど》様の内弟子が、大きな荷をかついでいるのを見たという者を連れてきました。その場所が市中を出ておりましたので、拙者が問いただすことになりましたが、ならば、ここに連れてきて、殿にお会わせするのが良かろうかと」

「おお、そうか。して、その者は?」

伝衛門はふり返って、伴の者にうなずいてみせた。走って来る途中では見えなかったが、男は人ひとりを背負っていた。それを下すと、小五郎たちの前に突き出した。男の子であった。十をいくつか出たところだろうか。服も顔も汚れ放題で、裸足《はだし》だったが、面長な顔の細い目は賢そうだった。

「土御門様のところのお弟子を、知っているのか?」

小五郎が問いかけると、男の子は縦に首を振った。

「そうか。では、拙者に訊ねたいことがある。少し答えてはもらえぬだろうか」

男の子は慎重に今一度うなずいた。

「拙者は都におわす帝の命でこの堺にやって来た、権刑部卿《ごんのぎょうぶきょう》の明智小五郎という者だ。坊《ぼん》は名を何という」

「甚吾《じんご》」

「良い名だ。父君《ちちぎみ》の名と生業《なりわい》は?」

「平吾《へいご》。鉄砲鍛冶をしてます」

藤田が「ほう」と小声をあげた。天晴も利発な子どもだと思った。小五郎は藤田をふり返る。

「立ち話はどんなもんやと思うが、さりとて、子ども連れで入れるところがあるようには見えん。どうしたもんかの」

「鉄砲鍛冶の息子なら、住まいは、おそらく堺の北のはずれ。家に連れ帰る道々で話を聞くというのは、いかがでしょう。どのみち、親御には知らせを入れずばなるまいと思っておったところ」

「そうだの」

　小五郎は賛意を示すと、甚吾に向かって言った。

「家まで案内《あない》できるか？　親父殿にも訊ねたいことがある。これもお役目だ。力を貸してもらえぬか」

　甚吾を先にたて、一行は堺へ向かう一本道を歩き始めた。甚吾の歩みは早かった。この調子なら、子ども連れでも一里歩くのに四半刻はかかるまいと、天晴は考えた。

「甚吾はいくつになる？」

　小五郎は気さくに問うた。

「年があけたら十二」

「そうか。大きくなったら、親父殿のように鉄砲鍛冶になるのか」

「うん」

　甚吾は誇らしげな表情で答えた。小五郎は首を後ろに向けて伝衛門に訊ねた。

「土御門の内弟子の名は？」

　しかし、答えたのは甚吾だった。

「弥一郎《やいちろう》」

「そうか。同い年か？」

「ううん。俺のがひとつ下」

「家が近いのか？」

甚吾は首を振った。そのまま黙り込む。小五郎は、いぶかし気に甚吾を見た。

「その内弟子は、親が納屋衆《なやしゅう》だったはず。ならば市中の子でございましょう」

伝衛門が口をはさむ。

「納屋衆の？」

小五郎は一言呟くと、甚吾に合わせたかのように口をつぐんだ。無言のまましばらく歩く。通りの明かりが目に見えて少なくなっていく。やがて、じれたように伝衛門が口を開いた。

「それで、今朝《けさ》がた弥一郎を見たんだな」

甚吾は相変わらず押し黙ったまま首を縦に振った。

「どこで見たんだ？」

小五郎が訊ねた。

「大寺《おおてら》さんに入っていくとこ」

「大寺さん？」

「開口《あぐち》神社という大きな社《やしろ》がございまして、そこには行基《ぎょうき》様が開いた念仏寺がありますので、堺の者はもっぱら大寺さんと呼んでおります」

「そこで弥一郎を見たのか」

甚吾がうなずく。

「本殿の裏から入っていくのんを」

「なにか話はしなかったのか」

甚吾は首を横に振る。

「俺は、おじぎ山にいくとこだったから」

「おじぎ山？」

またも、小五郎の語尾が上がった。

「堺には小山が多《おお》ございます。高さ大きさはまちまちですが、たいていは荒れ放題で、童《わらべ》の遊び場となっているものもあります。元は陵《みささぎ》という話ですが……」

「木がお辞儀してんねん」

甚吾の顔に笑みが戻った。

「それで、おじぎ山か。甚吾はそこに向かったと。で、弥一郎は大寺さんに入っていったのだな」

「うん。背負子《しょいこ》かついで」

そう言いながら、甚吾は一本の堀沿いに角を右に折れた。

「このあたりから鉄砲町になります」

伝衛門が言った。すぐに両脇に平屋が並ぶ小道に入る。右手の小屋は一様に暗く、裏が堀に面している。左手の家々には明かりが灯っている。

「ここらの家は、たいがい、住まいの向かいが鍛冶場になっております。ぼうず、家はもう近いのか」

伝衛門の問いに甚吾は黙ってうなずく。すぐに、駆けだした。

門口に出てきた縕袍《どてら》姿の男は、息子が引き連れた一行を見て、目をむいた。裃姿のいかめしい侍と、見たこともない形《なり》の男がふたりだ。

「堺検非違使佐、藤田伝衛門と申す。こちらは京からご来堺なされた、権刑部卿、明智小五郎様と、陰陽寮陰陽師、安倍天晴様。御子息に訊ねたい儀が生じたが、陽も暮れたゆえ、まずは家に送りとどけた次第。父親の平吾とは、そちでよろしいか」

驚く男に喋る暇も与えず、伝衛門は早口で言った。縕袍の男はただうなずくばかり。

「立ち話もなんだ。上がってもよいか?」

小五郎が微笑みを浮かべながら催促した。

「あ、はい。気づきませんで……。いや、しかし、狭もうて、むさくるしゅうて……。京からいらしたような方をお上げできるところでは……」

「なんの。構わぬ」

小五郎は先頭を切って、上がり框《かまち》に腰をおろす。甚吾の母親が水を張った桶を持って来る。甚吾を背負って来た伝衛門の手下だけは、入り口で待った。

「いや、どこの役者さんかと……」

ぽろっと漏らした言葉に、小五郎が大笑した。

「ほう。父君は芝居好きか。拙者もよく見物するぞ。派手好みは生まれつきだがの。贔屓《ひいき》の役者はおんのか？」

「あ、愛之助《あいのすけ》……」

「ご当地出身か。それは結構。ときに、甚吾は利発な子だの。感心した。良い息子を持ったものだ」

狭い六畳間に、小五郎たち三人と、甚吾たち親子三人が向かい合った。

「息子殿に、なにか科《とが》があってのことでは、ござらぬ」

伝衛門が口火をきって、両親はほっとしたようだった。

「さきほどの続きだが……」

小五郎が甚吾に向かって言った。

「弥一郎は、何かを背負っておったと言ったな」

「これくらいの、小さな簞笥《たんす》みたいなんを、背負子に括《くく》りつけて」

甚吾は両手で、一尺半四方、高さ二尺（一尺は約三十センチ）ほどの形を作ってみせた。

「重たそうだった」

「それで、大寺さんへ入っていった……と」

甚吾がうなずく。

「ほかに見たことや、気づいたことは？」

「そんだけ。あ、いや、箪笥の背中側の右端に、擦《こす》ってつけたような瑕《きず》があった」

「ふーむ」

小五郎は一息入れた。

「それが今朝のことなのだな」

「今朝いうても、もう巳《み》の刻（午前九時から十一時）あたりやなかったろうか」

「この子が家出たんは、辰《たつ》の刻（午前七時から九時）もかなり経ってましたさかい」

母親が言い添えた。

「それが弥一郎であったのは、確かなのだな」

伝衛門が、今一度念をおした。

「弥一郎とは、どうやって知り合った」

小五郎が気づいたように訊ねた。甚吾はさっと俯き、唇を噛んだ。沈黙が流れた。

「橋之介《はしのすけ》会ではないのか」

唐突に天晴が口をはさんだ。甚吾がさっと顔をあげ、天晴の方を見た。やがて、小さくうなずく。

「甚吾と言ったな。良いものをやろう」

そう言うと、天晴は、玄関の土間に控えた小五郎の従者のところへ行き、自分の皮鞄から、小さな木の剣玉と折りたたんだ紙片を取り出した。

「糸溶《いとど》けの剣玉といって、ずっと使っていると、玉を結わえた糸が溶けてなくなってくる。だが、この紙に書いてある呪文を唱えながら、能ある者が毎日やっていると、糸が溶けてなくなっても、玉が刺さるようになる。呪文は唱えやすいように節をつけても構わない。もしも、それが出来るようになったら、代官様のところを訪ねて、陰陽師の先生の前でやってみせるがいい」

甚吾は、不思議そうに、剣玉を見つめていたが、天晴の言ったことを理解すると、剣玉に手を伸ばした。天晴は両親に向かって言った。

「橋之介会に呼ばれたということは、いささかなりと能ありと見られたからでしょう。ただ、内弟子となった弥一郎の方が、上手《うわて》だったというだけ。このくらいの子では、一歳差は大きいですからな。それも仕方のないこと。真にタレントがあれば、必ず人に認められます……もっとも、そうなると、鉄砲鍛冶は継げぬかもしれませんが」

6　さすがの小五郎も、しばし絶句

夜も遅くになったので、代官所には、明日出向くことにして、小五郎たち一行は、材木町の伝衛門の屋敷に入った。堺を南北に貫く大道《だいどう》筋をしばらく歩き、筋から二本海側――西へ入ったところだったが、夜のせいかあたりは静かだった。

「明日は宿を取りますので、今宵《こよい》ばかりは、ここで我慢してください」

伝衛門は恐縮しきりだったが、殿様は意に介さない。

「そんなことより、昨日テレソンで京に報せを入れたあとで、なにか分かったことはないのか？　甚吾が弥一郎を見たということだけか」

伝衛門の顔が渋くなった。

「手をつくしてはいるのですが……」

「そもそも、堺には、上級陰陽師と上級相当は何人おんのや？」

「それは調べてございます。まず、代官所にひとり、陰陽寮から派遣されております。これが土御門正史《つちみかどまさふみ》様です。あとは、陰陽寮ではない、街場の陰陽師で上級相当が三名。代官所とは別に、佐々様がお抱えの者を、越中《えっちゅう》よりお連れになっております。それから納屋衆《なやしゅう》のうち角紅屋《かくべに》と銭形屋《ぜにがた》が、それぞれ上級をひとり抱えてございます。これで上級相当が三人。都合四人の上級陰陽師がおります」

「四人だけか？　天晴の話では、堺の大商人なら、抱えてても不思議ないという話やったが……」

「中級相当なら、陰陽師を抱えていない納屋衆はないと言っていいでしょうが……」

「そのうち幾人かは、上級相当への修行中でしょう。納屋衆というのは、何家あるのですか」

　天晴が言った。

「十三あります」

「なら、そんなものでしょう。代々子どもが跡を継ぐというものではありませんから、有望なタレントのある者を探して来ては、修行はもちろん、一生面倒みなければならぬのです。結局、上級相当になれなかった者もいるでしょうし」

「そうか。で、その三人は、どうしている？」

「はい。昼間のうちに調べさせました。佐々様の陰陽師は、五日前から御公務で安土の大殿様のもとへ行かれており、安土に入れたテレソンに、ご本人がお出になりました。銭形屋の陰陽師は、南洋へ交易に出た銭形屋の船に同乗して、外津国《とつくに》に出ておりまして、これも堺にはおりません。従いまして、堺におりますのは、角紅屋の術師ひとりですが、ここ数日とくに変わったことはないと……」

「事の始まりは、腕のたつ上級陰陽師を探している者がおるいうことやったな」

小五郎が言うと、伝衛門がうなずいた。

「土御門殿の行方を捜しているときに、弥一郎が思い出したように言うておったのです」

「そのことは、土御門殿の耳にも入っていた？」

「はい。弥一郎が、前の日の市で心当たりがないか尋ねられたのを、夜話したそうです」

「で、翌日の午前《ひる》に、どうも気になると言うて代官所を出た、と……。佐々様や角紅屋の陰陽師は、そのことを知っておったのか？」

「いや、お二方とも、ご存じではなく……。佐々様の方は、安土にいらしたので、当然でしょうが」

「どう思う？」

小五郎が天晴に言った。

「伝手《つて》のない者が、何かの理由で陰陽師の助けが必要になったら、まずは街場で陰陽師の看板を掲げて商売をしている者を頼るでしょう。どのような助けが要るのか。それが分からないと、どの程度の腕の者が必要なのか判断できません。そこで初めて、上級相当が必要と分かるわけです。ただ、上級陰陽師は、そうおいそれとは見つかりません。腕利きとなると、なおさらです。中級者はもちろん、修行中の奨励会員でも、探せば見つかると考える者はいないでしょう。陰陽寮に頼る以外に道はないはず」

「助けの中身が分からねば、上級陰陽師が必要かどうかも分からんのだな」

「左様《さよう》。しかも、上級者の中にも腕前に差はありますし、同じ術でも得手不得手がございます。施術の難しいもの、あるいは、陰陽術以外の見たことも聞いたこともないような術を、トランスレイションしなければならぬこともありましょう。そこまで難しいと、上級者なら誰でもというわけにもまいりますまい」

「天晴でも、使えぬ術があるということか」

「いかなる術も使って御覧にいれます……とは、とても申せません」

「ふーむ」

小さく一息ついて、小五郎は考え込んだ。

「しかし、聞いてまわった者がいる。そいつは上級陰陽師でなければ話にならぬと分かっておった……。ということは、陰陽術について、ずぶの素人《しろうと》ではない。しかし、探しまわれば見つかると考えるほどには、陰陽師について無知だった……。ずぶの素人ではないから、陰陽寮に願い出るという手を思いつかないわけはない。だが、そうはしなかった……陰陽寮に助力願を出しても、簡単には受け付けられないんやったな」

天晴が黙ってうなずく。

「そうなると、無理と分かっていても、訊ねまわるしか方法はないか……」

「弥一郎に訊ねるぐらいなら、土御門様に相談しそうなものですが」

天晴が言った。

「なるほど。陰陽師の内弟子と分かってなければ、十をいくつか出たばかりの童《わらべ》に、心当たりを聞くこともないか。ふむ、確かに一理あるの。よし、まずは弥一郎に話を聞く。甚吾の見た背負子《しょいこ》の荷物のこともある。明日はそこから始めるとするか」

翌朝、まだ暗いうちに、小五郎たち三人は伝衛門の屋敷を出た。甚吾を負ぶって来た伴の者が、今度は弥一郎を連れてくるために、土御門の家へ走る。小五郎たちは、納屋衆の惣領《そうりよう》、角紅屋忠兵衛《ちゆうべえ》の店に向かった。

「惣領は二年ごとに、持ち回りで勤めております。商人《あきんど》は朝が早うございますから、代官所より先に挨拶を済ませる方がようございましょう」

伝衛門がそう進言したのに従ったものだ。大道筋に出て、南へ下る。旧領に従えば、摂《せっ》津国《つのくに》から和泉国《いずみのくに》へ向かうことになる。これに東の河内国《かわちのくに》を加えて三国《みくに》の境となるのが、堺という名の由来だった。空が白みはじめ、左手の前方に、丘と呼ぶべきか小山というか、ひときわ大きな山が、霞《かすみ》にけぶって見える。その遙か向こうに生駒《いこま》から金剛《こんごう》へと続く山並みが連なっている。かつての摂州《せっしゅう》と泉州《せんしゅう》の境となる大小路《おおしょうじ》に出ると、伝衛門は海側に曲がった。潮の香が鼻につく。二階ないしは三階建ての蔵が目立ちはじめた。川というには小さく、濠《ほり》というには水流が速い、小さな流れをいくつか越える。架けられた橋は、多くが太鼓橋で、石であったり木であったり。荷を乗せた小舟の棹《さお》を船頭があやつる姿がすでにある。

「石津川《いしづがわ》というのは、大きな川ではないのか」

小五郎が伝衛門に訊ねた。

「石津川本流は、もう少し南を流れております」

伝衛門は左手の方を指した。

「このあたりは土居川《どいがわ》と申しまして、水利と水運のための川です。堀の水を流すために石津川から引いたものもあります。甚吾が申しておりましたおじぎ山。堺に多い小山ですが、たいがいは堀に囲まれております。空堀もあれば、水をたたえた濠もある。空堀に雨がたまったものもございます。たまった水は流れを作ってやらねば澱《よど》んでしまいます。自然と堺は濠の多い町になりもうした。……そして、ここが」

伝衛門に従い、小五郎たちは、ひときわ広い通りに出た。

「堺の会合衆《えごうしゅう》いわゆる納屋衆の持つ蔵が集まります納屋町《なやちょう》です」

白壁に瓦屋根の蔵が左右に立ち並ぶ。蔵とはいっても、玄関越しに帳場が見える。まだ辰《たつ》の刻（午前七時から九時）前にもかかわらず、荷車の行き来が多い。蔵の向こう側は川が流れているようだった。蔵と蔵の隙間越しに、滑るように横切る平底舟が見えた。それも荷を満載している。伝衛門は一軒の家の前で、門前の掃除をしている小僧に声をかけた。

「御主人はおられるか。朝早くから申し訳ないが、代官所の藤田が来たとお伝え願いたい」

すぐに番頭が出てきた。面長の痩せて背の高い男だった。

「これはこれは、藤田様。えらいお早いですな。なんぞ、ございましたん？」

「忙しいところ、すまぬ。仔細《しさい》あって、京の刑部省より権刑部卿《ごんのぎょうぶきょう》をお招きした。納屋衆にはご紹介しておこうと思ってな。お連れした次第」

「左様でございますか。少々お待ちを」

奥に引っ込んだが、すぐに大慌てで主人が出てきた。歩きながら羽織の紐を結んでいる。六十を越えたあたりだろうか。大柄で恰幅《かっぷく》が良い。

「これは、藤田様。まことにご無礼を。お呼びくだされば参上いたしましたのに……玄関先では、お話も出来しまへん。どうぞ、こちらへ」

主人は先にたって、家の中へ一同を誘《いざな》った。奥の座敷へ行く途中も、人の出入りが激しい。帳面や算盤《そろばん》を手にした者、荷を担いだ者と様々だ。小五郎たちを奥の座敷へ案内すると、深々と頭を下げた。

「角紅屋の主《あるじ》、納屋忠兵衛にございます」

「面《おもて》をあげられよ。拙者、将軍三家中織田家直臣にて、権刑部卿越前守《えちぜんのかみ》明智小五郎光秀。隣りに控えるは、陰陽寮上級陰陽師の安倍天晴。この藤田は我家臣にあたる。此度《こたび》は勅命を受けて、この堺に参った。まずは町役の長である角紅屋殿にご挨拶をと思い訪ねた次第。早朝の儀は平に許せ」

「まことに滅相《めっそう》もございません。お呼びいただければ、どこなりと参上つかまつりましたものを」

忠兵衛は顔をあげない。

「すまんのやがのお。忠兵衛殿」

小五郎の口調ががらりと変わった。思わず、忠兵衛が顔を上げた。その顔を見て、小五郎は笑ってみせた。

「拙者、堅苦しいのと押し問答が、大の苦手なんや。京の刑部卿いうてもな……権の一字が付いたある。それに、いまは大事が起きておる。代官所の陰陽師のことは聞き及んでおろう？」

「はい。昨日、寺島《てらしま》様の使いの方から」

「事は一刻を争う。ぐずぐずは出来ん。忠兵衛殿の『助ける』いう一言さえいただければ、拙者はすぐにでも事にあたる所存。お願いできんかな」

「それはもう。この忠兵衛以下、納屋衆一同、お力になれるなら、なんなりと……」

「それが聞きたかった。拙者と天晴。堺でのお役目の間、納屋衆の力添えあるものと頼みにしておる。……それと、早速やがの。代官所付き陰陽師の内弟子に弥一郎という者がおるのやが……」

「手前の末の息子がなにか？」

さすがの小五郎も、しばし絶句した。

「……そなたの……息子」

「はい。左様にございますが」

「そうか。いや、身許《みもと》が分かれば、それで良い。納屋衆のご子息とだけ聞いたものでな」

「内弟子ですので、土御門様のところに住み込んでおりますが……」

「内弟子といっても、同じ堺のこと。たびたび家に戻るのではないか？」

「いいえ、修行中は角紅の子とは思うなと、申しつけておりますゆえ……」

「……内弟子になって、どれほどになる」

「一年を少し越えたところでございます」

「能有りと言われたのだな？」

「はい。しかし、百人が望んで一人叶うかどうかということですので……」

「御子息からも話を聞くことになろう……。そうだ。鉄砲鍛冶の息子で甚吾というのを知っているか」

「名前は存じませんが、弥一郎と最後まで内弟子を争った、鉄砲鍛冶の子がいたとは聞いております。その子のことでしょうか。角紅は鉄砲を商っておりませんので、その子の親御のことも存じ上げません」

「そうか。御当家では、上級相当の陰陽師を抱えているとのことだが、その者は、どこにおいでや？」

「妙国寺脇《みょうこくじ》の長屋に。……呼びますか？」

「いや、いずれ話をうかがうことになろうが、急ぐことはない」

そのとき、障子越しに人影がうずくまり「旦那様」と声がした。

「ご無礼を」

角紅屋は、そう言うと、障子を開け、待ち受けていた家人《けにん》の傍らににじり寄った。片耳をうずくまる男の顔に近づけ、話を聞く。途中一度「川のどのへんや」と小声で言った。一渡り聞くと、その場に控えるよう身振りで示し、小五郎たちのところへ戻った。

「ただいま報せる者がございまして、石津川に女の骸《むくろ》があがったということでございます。町役としてこれから検分に行かねばなりません。不審なところあれば、代官様に届けることになりますが、場所が土居川引き手の川上あたりとのこと。市外ですので藤田様の御当番地。いかがでしょう。いまから御一緒していただくというのは」

藤田は小五郎の顔をうかがったが、すぐに「行こう」と言った。

「ここからどのくらいのところだ？」

小五郎が、角紅屋にとも藤田にともつかぬ口調で訊ねた。答えたのは藤田だった。

「少々ございます。急ぎ足で半刻《はんとき》（約一時間）はかかるかと」

小五郎は考え込んだ。しかし、角紅屋に報せを伝えに来た男が言った。

「ご無礼ながら、申し上げます。店の裏に舟を用意しますので、歩くよりは早うに着くかと……」

その間にも角紅屋が店の者への手配りに忙しい。

「番頭はん、店は任せますさかい、あんじょう頼みま。伸介どんは、銭形屋さんに、水死人が出たいうて、船頭衆を寄越すよう。儀兵衛《ぎべえ》どん、代官所に報せとくなはれ。藤田様はうちらと一緒に検分に行かはるいうことも忘れんといてな……」

（妙に気になる……）

小五郎は小さく呟いていた。

「その骸、見ておいた方が良さそうやの」

7　仏さんの匂いがする

店を突っ切るようにして裏手に出ると、川に面して石段があり、桟橋に小舟がつけてあった。着物の裾をからげた船頭が、棹《さお》を片手に待ち受けている。顔は赤黒く日に焼け、首が太く精悍な身体つきだ。天晴は船頭を一瞥《いちべつ》した。船頭にはタレントの持ち主が多い。外船の船頭には、奨励会に籍を置いたことのある者も珍しくない。かすかな香りのようなものだが、天晴は「この男能有りかも」と感じていた。急ぎ乗り込む。角紅屋を先頭に、藤田、小五郎、天晴と続く。そのまま一列になって乗った。舟がゆっくりと漕ぎ出す。川幅は十間を越えよう。川岸に向けて渡した二本の綱で、数人の屈強な男たちが、四人の乗った舟を曳く。朝方、霞《かすみ》にけぶって見えた小山が前方にくっきりと見えた。天晴が振り返ると、河口がすぐ近くにあった。川の両側には蔵が連なっている。どこの蔵の裏口も、舟が着くようになっていた。すれ違う下りの舟は、荷を満載にして急いでいる。どの舟も、小五郎たちの舟より、一回りかそれ以上大きい。それらの舟を指して、小五郎が問うた。

「こういう舟が、外海の船に荷を運んでおるのか」

「左様《さよう》でございます。もう潮が満ちてきますので、かように急いでおるのです」

小五郎たちの舟は、穏やかに進んでいった。やがて、流れているようには見えない狭い濠《ほり》に入り、曳航《えいこう》が終わった。船頭が巧みに棹をあやつる。濠から濠へ、舟は進んでいった。何度も曲がり、どちらの方向に向いているのか、小五郎には分からなくなった。

「堺の舟は、流れに乗ることを一番に考えます。そやさかい、回り道に見えることもございます」

小五郎の心配を言い当てるかのように、角紅屋が言った。急に舟が遅くなった。天晴が川面を見ると、わずかだが流れがあり、それをさかのぼっている。棹の使い方が小刻みになり回数が増えている。やがて、大きく右に曲がると、広い川に出た。曲がりきると、今度は、その広い川の流れに乗って、速さが増した。

「石津川に出ました」

角紅屋の言葉より早く、左手前方に人だかりが見えた。中のひとりが、小五郎たちの舟に気づいて手を振った。船頭が舟をゆっくりと川岸に着ける。一行が土手を登ると「納屋《なや》の旦那がお見えや。道空けぇ」と言う者があった。先頭を切った角紅屋が土手の上に着く。

「仏さんは、女子《おなご》やて?」

角紅屋が訊ねると、ひとりが答えた。

「そうです。見たところ傷はあれへんみたいなんで、落ちたか飛び込んだか……しかし、ちょっとおかしな……」

「見つけたんは？」

角紅屋が周囲を見まわしながら言う。返事をしたのは、三十がらみの色白の女だった。玉結びの髪を櫛一本で髷《まげ》に止め、店の紋を背負った印袢纏《しるしばんてん》姿で、身なりがひとりだけ整っている。

「わてらでございます」

見知った顔らしく、角紅屋は何かを思い出そうとする顔つきになった。

「あんた、和泉《いずみ》屋さんとこのお人やったな」

「はい。手代を勤めとおります。房《ふさ》と申します。角紅屋の旦那様でございますね」

「あんたが、見つけたんかいな」

「はい。平底で上《かみ》から木炭《すみ》を運んでおりまして、通りかかったところで、船頭が川に浮いたあるのを見つけました。ここに引き上げて、とにかく町役に報せんならんと、使いを走らしました。ただ、木炭《すみ》は商いもんでっさかい、刻限がございましたので、私といくたりかだけ残って、舟は先に行かしたんですが……構《か》めしまへんかったでしょうか」

「商いもんなら、しゃあないやろ。よう知らせてくれました」

その間に、小五郎たちは、女の骸《むくろ》を検《あらた》めていた。年のころは十四、五、小柄な上に痩せていて、頬がこけている。手首は触るだけで折れそうだ。丸髷《まるまげ》は商家の娘ふうだったが、きちんと死装束に身をつつんでいた。

「身投げですかな」

藤田が話しかける。

「死装束でか？　手回しのええこっちゃ」

小五郎がつぶやいた。骸に触れこそしないが、しゃがみ込んで、顔を近づけている。

「確かに、傷の類《たぐい》はなさそうやな。藤田、法度《はっと》では陰陽師が因果を調べねばならんが、いま、堺代官には上級陰陽師はおらんのやな。天晴にやってもろうても、構わんか」

「こちらからお願いしたいところ。急ぐことでもありますし」

小五郎は天晴を見上げる。天晴は黙ってうなずく。小五郎が場所を譲るのと、バサッと音をたてて、天晴が袖なし外套《クローケ》とケープを脱ぐのが同時だった。そこに角紅屋が、和泉屋の手代を伴ってやって来た。小五郎と藤田に手代を引き合わせる。

「川上から木炭《すみ》を運んでたんやな。ということは、下りの流れに乗っていた……そういうこっちゃな」

「はい」

「何艘《なんそう》で運んでた」

「三艘でございます」

「手代さんは先頭に乗っていた？」

房がうなずく。

「で、船頭が見つけた。川舟は船頭だけが立っているから、そりゃ船頭が見つけるわな。骸も流れとったんか?」

「船頭に言われて、私も見てみましたが、下《しも》に向かって左手の岸あたりで、何かにひっかかったみたいに、流されてはおりませなんだ」

「で、引き上げたと。身なりなんかは、そのままやな」

「はい。浮いてるときは白ずくめやな思うただけやったんですが、上げてみたら、まさか死装束とは……びっくりしました」

小五郎は藤田と角紅屋の方を向いた。

「川の流れはけっこう速いが、いつもこんなもんか?」

「左様で」

角紅屋が答え、藤田がうなずいた。

「わかった。手代さんは、これから店か?」

「ほんまは、舟と一緒に、積み込み先に行かんならんかったんですが、これから歩いたんでは、間に合いしまへんさかい、店に戻りま」

「商売の障りになったな、すまなんだ。店の主には、代官所からも角紅屋さんからも口添えしておく」

そのとき、天晴が小五郎たちのところへやって来た。

「傷もなければ毒の痕もありません。また、溺れ死んだのでもありませんでした。死んだ後で流されたようですな。死んでから少なくとも二日は経っておりまして……ただ……肺を患っておりました。かなり蝕《むしば》まれていた模様で、死んだのはそのせいかもしれません」

「肺を？……」

小五郎が俯いて黙り込んだ。こういう時は、大事なことを思案していると、短かいつき合いながら、天晴は気づいていた。袖なし外套《クローケ》とケープを羽織りながら、口をはさむことはしない。それは藤田も同様だった。しかし、その沈黙を破るかのように、やたら大きな声がした。

「仏さんの匂いがする」

小五郎がさっと顔をあげた。土手の上の道から僧服の男が下りてこようとしていた。海老茶《えびちゃ》色の袈裟《けさ》に同じ色の僧帽だ。躊躇するところのない歩みだが、白い撞木杖《しゅもくづえ》をついており、盲人特有の斜め上前方に視線が向いていた。

「丸検校《まるけんぎょう》ではござらぬか」

小五郎が大声で言った。その声に盲人が立ち止まる。声が小さく、警戒する顔つきになった。

「拙僧をご存じか」

「やはり検校でござったか」

そこで、小五郎と気づいたようだった。盲人の顔が明るくなる。

「どなたかと思えば、明智様でしたか。しかし、なぜ、また、堺にいらっしゃる。……いや、まあ、それはご事情もございましょう。やつがれのような者には縁のないこと。それよりも、仏さんでございますよね？」

再び大声に戻ってそう言いながら、目が見えるわけでもないのに、まっしぐらに骸に向かう。しかし、立ち止まると、鼻をうごめかせた。

「おや、水の匂い。もしや、水死でございますか」

「左様。たったいま、引き上げたところ」

角紅屋が言った。

「角紅屋でございます、検校様。相変わらずのご賢察、さすがでございます」

「では、船頭衆の仕事ですな」

「はい。検校様のお手を煩わせることもありません」

検校はがっかりした様子だった。

「それは失礼いたしました」

検校はくるりと後ろを向くと、下りてきたとき同様、すたすた土手を登り始めた。だが、途中で立ち止まると、ふり返った。

「明智様、もしも、お暇があれば、市場までお訪ねくだされ。愚僧に、茶の一杯も振舞わせていただきたく存じます。そうそう。柱名《はしらな》をお継ぎでしたな。そのお祝いにぜひ。お待ち申しておりますよ」

それだけ言うと、小五郎に何か言う間も与えず、姿を消した。

「何者です？　丸検校とかおっしゃってましたな」

天晴が訊ねる。

「ここらの青もの商人を束ねる商売上手の検校だ。そして」

小五郎の顔に微笑が浮かんでいる。

「稀代の大悪党や」

8　利根《とね》の川風、袂《たもと》に受けて

戻りの舟は、石津川の流れに乗った。しかし、流れの速さは増したが、同時に並走する舟も増えた。多くは荷を山積みにした、小五郎たちの舟より大型のものだ。それらを縫うようにして進むため、速さをそう上げるわけにもいかない。

「これでも、歩くよりは、ずっと早うございます」

角紅屋がとりなすように言った。

石津川沿いにも蔵が並んでいることは、角紅屋の店先同様だが、大きさが段違いに大きい。途中、角紅屋の紋が描かれた蔵が五棟連なっていた。

「あれは全部が角紅屋さんの蔵か」

「はい。手前どもの蔵でございます」

「蔵五つに商いの品が一杯か。豪勢なことだの」

笑いながら言った小五郎の言葉を皮肉ととったか、角紅屋は言葉を返さなかった。

「いやいや。ご無礼つかまつった。拙者、御覧のとおりのばさら者。華美豪華が大好きでな。そのくせ貧乏武家ときておる。形《なり》にしか金がかけられぬ。商人《あきんど》の大儲けは常々うらやましく思うておんのや」

あけすけに言われては、角紅屋も苦笑いするほかない。

「大儲けと言われましても、この堺で蔵を持ついうのは、いつ何時、棟別銭《むねべつせん》をかけられるか分からんいうことでございます。昨日、明智様が汽車で着かはった住吉大社奥。あれの普請のときも、えろう払わななりませんでした。市中の建物は八割方、納屋衆《なやしゅう》の持ち物ですさかい、かかりの八割は、私《わたくし》どもが用立てることになります」

「棟別銭というのは、そういうことか」

「はい。……しかし、まあ、お侍様やお役人様は、金の使い方が、あんまり上手やおまへんので、要る分だけかけてもろうのが、結局は安うあがります」

舟の速さが、さらに落ちた。気づけば、川口に近く、舟で混みあっている。突然、船頭が朗々とした張りのある声で歌い始めた。

〽利根《とね》の川風　袂《たもと》に受けて
棹《さお》さすのは　坂東太郎《ばんどうたろう》
九十九里《くじゅうくり》の　荒浜育ち
サンタ・ルチア　サンタ・ルチア

「船頭さんは坂東から流れてきたか」

小五郎が言った。船頭は嬉しそうにうなずく。

「霞ケ浦《かすみがうら》で十年、利根で七年漕いだだよ」

「東《あずま》の船頭さんは、ようお唄いになります。関東音《かんとうね》と申しまして、熊野詣での客相手には、銭取ってたっぷり聴かせることもあります」

「そうか。船頭さん、もう一節聴かせぬか。駄賃を払おう」

「聴かせてえのは、やまやまだども、宿院《しゅくいん》の渡しに着いただよ。次に乗ってくれたときに、たっぷり聴かすべ」

このまま舟で店に戻る角紅屋と別れて、小五郎たち三人は舟を下りた。大道筋に出て北に向かえば、代官所は目と鼻の先だった。歩き始めると、すぐに先頭を行く小五郎が言った。

「藤田。代官所に着いたら、一番にやってほしいことがある」

伝衛門は何事だろうかと問うように、隣りの天晴を見た。天晴も分からぬとばかりに首を横に振る。

「京の検非違使《けびいし》庁にテレソンで照会してほしい。消えた亡骸《なきがら》の詳しい特徴が知りたい。とくに肺病を病んでいた商家の娘について。痣《あざ》や黒子《ほくろ》でも良いし、身なりや冥途への持たせ物の類《たぐい》でも構わぬ」

「あっ」と天晴が声をあげた。「さきほど引き上げられた娘！」

「左様《さよう》。胸を病んだ商家の娘や。疑ってみるのも、面白かろうよ」

「かしこまりました」

「そうだ。もうひとつ忘れておった。昨日、拙者たちより早く、揖斐茶《いびちゃ》の主人が訪ねて来たであろう。いかがいたした」

「揖斐茶の？　惜殿《おしむ》でございますか？」

「そうや。陽のあるうちには、堺に着いてるはずやが」

「いえ、お見えになってませんが……」

「来てない？　はて、挨拶に行くと言うてたんやが……」

「なにゆえ、堺に」

「来年の茶の取引にと……たまたま、京一条で会《お》うたゆえ、藤田を訪ねえ言うたんや。知らん仲やあるまい？」

「それは、もう、揖斐茶の主《あるじ》なら……しかし、拙者、昨日の午《ひる》からこっちは、甚吾の件があるまでは代官所を離れませなんだから、お見えなら、分かるはず」

「どういうこっちゃ？」

ふたりして首をひねったところで、代官所に着いた。堺の代官所は門口五間《かどぐちごけん》の二階建て。

小五郎と天晴は、すぐに代官の佐々《さっさ》越中守《えっちゅうのかみ》の部屋に通された。藤田は奥の部屋のテレソンに小走りで向かう。佐々は困惑の態《てい》だった。

「とにかく、不思議の一言で、わけが分かり申さん。しかし、明智卿がわざわざお越しになるというのも、大げさな気がします」

「いや、代官所付きの陰陽師が行き方知れずというのは、捨て置けません。幸い、検非違《けびい》使佐《しのすけ》の藤田は我家臣。調べは任せてもらえましょうな」

「無論。市内の検非違使佐は子飼いの寺島という者ですが、伝衛門同様にお使いください。そうそう、先ほど、伝衛門の手の者が、土御門《つちみかど》の内弟子を連れて参っております。お調べになりましょう?」

小五郎たちのために都合してくれた一間に、昨日甚吾を負ぶって来た男が、同じ年ごろの、ずんぐりした少年を伴ってやって来た。甚吾よりも身なりが整っている。少年は弥一郎と名乗った。

「早速だが、昨日の朝、荷物を担いで大寺さんに行ったそうだが、相違ないか」

「大寺さん? いいえ、行っておりません」

小五郎はすぐには言葉が出なかった。

「しかし、見た者がおるんやぞ……」

「何かのお間違いでは。昨日の朝は、まず、一つ家《や》の掃除をして……」

「一つ家というのは?」

「先生がご祈禱《きとう》をなさる離れです。そこの掃除は毎朝します。先生がご祈禱なさっているときは、済んだあとで。そのあと、心当たりを探しに市《いち》に出ました。検非違使の人からは、探すのは自分たちがやるからとは言われましたが、家にじっとはしてられなくて……」

「では、背負子《しょいこ》で大きな箱のようなものを背負って、大寺さんに行ったというのは」

「せやから、何かのお間違いかと……」

小五郎は大きくひとつ息を吐いた。

(こうも真っ向から食い違うとは)

天晴も同様に内心あきれている。

「では、このくらいの大きさの箱のようなものに、心当たりはないか。裏側に擦《こす》ったような瑕《きず》がある」

小五郎は、甚吾が手で作った形を再現してみせた。

「先生が、道具を入れはる箱みたいでんな」

「道具を?」

「開口《あぐち》様や住吉様に出向くときなんか、道具をそれに入れてかはります」

「そういうものを使うのか?」

小五郎は天晴に訊ねた。

「それは人によります。それから、必要な物の量にも」

「その箱というのは、いま、家にあるのだな？」

「と思いますけど」

（そういう箱はある。しかし、運んではいない）

小五郎は考え込んだ。

（嘘をついているようには見えないし、嘘だとしたら、箱のことをこうも簡単に認めるものだろうか）

小五郎は話の方向を変えることにした。

「この町で、腕のたつ上級陰陽師を探している者がおるそうやな」

弥一郎は大きくうなずいた。

「左様です。先生もそのことを気になさってました」

「どこで、そのことを知った」

「青ものを買いに、市へ行ったら、薬種売りのところで、幻夜斎《げんやさい》さんと夜霧丸《よぎりまる》さんにばったり会いましてん。おふたりとも、薬師《くすし》の中級相当です。そこでおふたりが話してるのを聞きましてん」

「いつのことだ」

「先生がいなくなった前の日の……午前《ひるまえ》……いや……未《ひつじ》の刻（午後一時から三時）になったあたりでしたやろか」

「もっと詳しく言うと、どういう話だったんだ」

「おふたりとも、お客さんから聞かれた言わはってて……。腕のたつ上級相当はおれへんかって」

「上級相当と言ったのか」

語気鋭く天晴が口をはさんだ。

「はい。おふたりとも、陰陽師ですし、わても修行中の身とはいえ先生についてます。間違いなく、上級相当はおれへんかと」

いつの間に戻ってきていたのか、部屋の隅から伝衛門が言った。

「そのふたりには、昨日話を聞いております。確かに、その通りで、ただ……その客というのが互いに別人なのです。一方は四十がらみの刀を差した侍で、もう片方は三十手前の年増女やったと」

「で、弥一郎は、そのことを先生に話したんやな」

「はい。戻ってすぐに」

「先生は何か言ったか」

「そのときは、少し考え込まはっただけでした」

「そのときは？」

「はい。翌朝になっても、なんや、上の空で。ずっと考えごとしてはるような……」

「そのこと以外、ほかに何か考え込むようなことに、心当たりはないんやな」

「はい」

小五郎は弥一郎に下がるように言った。三人になると、すぐに伝衛門が言った。

「ああも見事に白《しら》を切りますかな」

「でなければ、本当のことを言っているか。そうなると、甚吾の方が嘘をついたか、見間違えたか……京の方はどうだった」

「はい。娘の背中の真ん中に、何度も灸《きゅう》をすえた痕があるのと、装束の袂に、好物だった菊壽糖《きくじゅとう》を懐紙に包んで入れたそうです。今日のうちに確かめに参ろうと……」

「灸の痕はありました。紙に包んだ菊壽糖も。水に浸かって、ぼろぼろでしたが」

天晴が言った。藤田は感心したように顔をほころばせた。

「さすが、殿が買われる方だけはある。……それから、拙者の留守中に訪ねて来た者はないか聞いてみましたが、おらぬとのこと。やはり、揖斐茶の主は来ておりません」

三人は顔を見合わせる。しばしの沈黙ののち、天晴が言った。

「あの茶商人も、マスター魔術師でしたね」

9　人目につくのはあかんで

　小五郎が自らの目でも確かめると言うので、先ほど上がった娘の骸《むくろ》を検分するために、三人は、再び、角紅屋に向かった。堺を南北に縦断する大道筋に出て北に向かう。左手に市が広がり、賑わっていた。

「これが、弥一郎の言っていた市か」

　横目で見ながら、小五郎が言う。たいていは路上に品物を並べての小商いだが、中には屋台の店を構えて、間口《まぐち》三、四間に及ぶものもあった。

「左様《さよう》です。建物を構えてしまうと、棟別銭《むねべつせん》がかかりますので、取っ払えるようにしております」

　伝衛門が説明する。市の北の端が、堺の中央を、こちらは東西に通る大小路《おおしょうじ》で、かつて摂津《せっつ》と和泉《いずみ》の境となったところだ。そこを越えたのちに、海側に入るのは、早朝と同じだ。しばし歩いて納屋町《なやちょう》に着いた。角紅屋の店先には、さきほど取次いだのっぽの番頭がいた。

「これはこれは藤田様。またのお目見え、いらっしゃいませ」

「朝方あがった骸の検分をしたいのやが、どこに置いてあるか、知ってるか？」

「水仏《みずぼとけ》様ですさかい、銭形屋さんの船頭衆が弔《とむら》いますんで、そっちに運んだはずですが……」

「銭形屋か。分かった」

伝衛門は、そのまま通りを三軒先まで進んだ。角紅屋と同じような構えの店だった。

「御免。代官所の藤田だが、お勤めで参った」

門口で声をかけると、玄関にいた丁稚《でっち》が「少々お待ちを」と言いながら奥に消えた。

「銭形屋は、廻船と外津国《とつくに》との交易が主な商いになります。堺でも一、二を争う船持ちで、船頭もたくさん抱えております」

伝衛門が言った。すぐに、背の高いがっちりした体格の男が出てきた。角紅屋の主人が、整ってはいるものの質素な身なりだったのに対し、こちらは生地《きじ》といい仕立てといい、贅《ぜい》沢《たく》なものを身に着けている。面長な顔は役者かと思うほどの二枚目だ。齢《とし》は小五郎よりやや上——四十をいくつか出たところのようだった。

「藤田様、お役目ご苦労様にございます。先ほど運ばれてきた仏様のことでしょうか」

「これは、御主人みずから、忝《かたじけな》い。その通りなんやが、その前に、引き合わせておこう。こちらは京から遣わされた、権刑部卿《ごんのぎょうぶきょう》の明智越前守《えちぜんのかみ》様と、陰陽寮の上級陰陽師で安倍天晴様。土御門《つちみかど》様のことは聞いておろう？　その件で堺に参られたのだが、今朝《けさ》見つかった仏様が、関わりあるかもしれぬということで、検分したいのだ」

主人はさっと正座すると平伏した。

「これはご無礼つかまつりました。銭形屋の主人納屋六朗《ろくろう》にございます」

「ご主人、面《おもて》をあげられよ。早速だが、仏様を検分したい。構わぬか」

「もちろんでございます。いま、案内《あない》いたします」

娘の亡骸《なきがら》は裏手に舫《もや》った平底舟に横たえてあった。一言「南無《なむ》」とつぶやいて、小五郎は、すぐに骸を抱え、濡れて張りついた装束を少しだけ引き開け、覗き込む。

「確かに灸《きゆう》の痕がある」

右の袂《たもと》の奥には、紙包みの中に、水を吸った菊壽糖《きくじゆとう》の成れの果てがあった。

「もしや、身許《みもと》がお分かりなのですか」

ついて来た銭形屋の主人が言った。小五郎がうなずく。

「おそらく、京で通夜の途中に消え失せた骸であろう。商家の娘いうこっちゃ」

「通夜の途中に消えた……」

銭形屋は不思議そうにくり返し、すぐに、はっとして言った。

「では、誰かが川に投げたいうことですか？　仏さんが身投げしたんやなしに」

「そう。わざわざ、京から運んでな。……ときに、御主人。銭形屋さんは、廻船をやってるそうやな」

座敷に戻りながら、小五郎が訊ねた。

「はい。廻船と外津国との交易が、うちの主な商いでございます」

「そこを見込んで教えてほしいのやが。……京から堺まで、この骸を二日で運ぶとすると、銭形屋さんなら、どないする？　人目につくのはあかんで」

「棺桶に入れてですか？」

「棺桶やと骸を運んでるとまる分かりや。むき出しいうことはないやろが、棺桶やない物《もん》で運びたい。ただ、仏さんを見るかぎり、ぞんざいに扱われてはおらんな」

「そうですなあ。速さだけなら、京九条から列車が一番でっしゃろ。それこそ、その日のうちに着きます。ただ、どうしたって、人目にたちます。こっそりいうんは無理でんな。陸《おか》を人足が運ぶんは、馬を使《つこ》ても二日じゃ足りまへん。そうなると、やっぱり船いうことになるんでしょうなあ。うちが荷受けするとしたら、川舟で淀川《よどがわ》下って、大阪まで出て、そっから外船でんな。仮に朝一番で京を出たとすると、翌朝には、堺に着けるでしょう。丸一日みとけば、充分ちがいますか」

「そうか。……ただ、仏さんは石津川を上から流れてきたんかもしれん。もし、そうなら、堺の港に着くとして、そちらにもう一度運ぶ手立てが要るのお」

「川の上りは手間も時もかかります。それに、人目に立ちたないんでしたな……石津川は舟の通りが多い。……うーん。石津川の川上ですか……」

銭形屋は腕組みをして考え込んだ。

「淀川を大阪まで下らんと、途中で大和川《やまとがわ》を上るんですかなあ。……少々、お待ちいただけますか」

そう言うと、銭形屋は手をたたいて声をかけた。

「誰ぞ、源さんを呼んでもらえんか。すぐ来てくれいうて。……いま、川舟の頭《かしら》を呼びまっさかい。川に通じた船頭に聞かな、さすがに、よう分かりしまへん」

しばらくして、銭形屋の紋が入った法被《はっぴ》姿の、赤黒く陽に焼けた顔の小男がやって来た。客人を見ると、頭を下げ、主人に「お呼びで」と言った。主人が難題の説明をする。

「石津川の上《かみ》いうと、木炭《すみ》積み込むあたりですか?」

「そうなるやろな」

船頭も、主人同様に、腕組みして考え込んだ。

「やっぱり、大和川を上《のぼ》ることになるんやろか」

銭形屋が催促するように言った。

「いや、まず、大阪のお城の北で久宝寺川《きゅうほうじがわ》に入らんならんでしょう。で、二俣《ふたまた》から大和川ですな。ただ、河内《かわち》に入ると、山になりますよって、そこで川を上らんならんのは、えろうおまっせ。舟曳くのに、人手もかかるし、いくら荷が軽いいうても、陽が暮れると無理ですわ。淀川運ぶのとは、わけが違いま。京を朝早うに発っても、二俣に陽の暮れる前に着けるかどうか……。大和川に入ったら入ったで、どのくらい時がかかるもんやら……上りはやったことないから、分かりまへんしなあ」

「そうかあ。……大阪のお城の北か。……羽柴《はしば》様のお城近くいうことは、改めも厳しなりそうでんなあ」

言葉の最後は、小五郎に向けて、銭形屋は言った。

「やっぱり海か」

「左様ですな。分からんことが多すぎます。川の上りいうんは、滅多なことでは使わんもんでっさかい。淀川みたいに整った川なら別ですけど……うちの店でやるなら、堺の港から人足使《つこ》うて、大八車で引かせます。それで、もし、石津の上まで運べ言われたら、川舟に積み替えるんでしょうな」

小五郎はうなずいてみせたが、さらに問うた。

「仏様が見つかったあたりなら、運ぶのは難しくはないのか」

「あのへんなら、大八《だいはち》でも四六時中《しょっちゅう》運んでますし、川舟でも楽に行けます」

「待てよ。仏様を見つけた舟は、木炭《すみ》を上から運ぶところと言うておったな。ということは、川上と行き来があるいうことやな?」

「せやから、行けんことはないんです。ただ、川の上りは曳き手が要りますし、上の方になればなるほど、曳くのに要領も要ります。和泉屋さんみたいに慣れたところでも、木炭《すみ》を朝一番で運ぶために、前の日の明るいうちから舟着けて積み込んで、発つばっかりにしとくんだす。夜上るいうんは無茶ですわ」

「つまり、舟で運んだとすると、よほど慣れた者で、しかも昼のうちということなんだな」

「そうなりますな」

「仮に、大阪から船で運ぶとして、それは外船いうことやな」

「左様で」

「そういう船を持ってるとこいうと、やっぱり納屋衆《なやしゅう》か」

「そうですなあ。納屋衆で船を一隻も持ってへんいうところはないでしょう。かといって、蔵もよう構えん店が船持てるわけもないし……」

　銭形屋の言葉に小五郎は黙り込んだ。少しうつむいている。

「あのォ……よろしゅうございましょうか」

　おずおずと船頭が口をはさんだ。銭形屋は止めようとしたが、その前に小五郎が顔をあげて「何や？」と言っていた。

「堺の港におるんは、商い船だけとちがいま。港の北は九鬼《くき》や村上《むらかみ》の戦船《いくさぶね》が使《つこ》とりますし……南には漁師の船がぎょうさんいてますが……そういうのんは勘定に入れんでよろしんでしょうか」

　小五郎たち三人が感心した顔つきになった。

「しかし、漁師の船は小さかろう。大阪まで行き来できるのか」

藤田が言った。

「漁師の中には、瀬戸内《せとうち》や紀州《きしゅう》沖まで漁に出る者《もん》もおります。大阪やったら我が庭のようなもんですわ」

「確かにな」

小五郎が言った。

「人目につきとうないなら、漁師の小船に賃仕事で運ばせるんが、一番かもしれん。侍の謀《はか》ったことなら、戦船を使うこともあるやろ。さすがは船頭さんや。よう気づいてくれた……ご主人、良い船頭さんをお持ちじゃ」

「しかし、調べねばならぬ船が多くなったということですな」

藤田の顔は浮かない。

「それでも、船を使わねばならないということは、手段が限られてるいうこと。港に着いた後の足取りを追う方が難しいのでは」

天晴がおちついた声で言った。

「左様ですなあ。さっきは大八引かせる言《ゆ》いましたが、あの仏さんなら、酒樽とか味噌桶とかの大きな容れ物《もん》に詰めるとかして……もしかしたら、大きめの行李《こうり》でもいけるかもしれませんが、丁稚に背負《しょ》わせて届けるいうことも出来まんなあ」

何気なく銭形屋が言った。小五郎たち三人が顔を見合わせる。その顔つきは、一様に引き締まっていた。

10　もちろん！

納屋町《なやちょう》から大道筋に出たところで、小五郎が言った。

「大寺さんというのは、ここから遠いのか？」

「道渡ってすぐですが」

「では、行ってみよう」

大道筋と大小路《おおしょうじ》は堺を十文字に区切っている。伝衛門は大道筋を横切って山側に渡り、南へ向かうと、すぐに大小路に出た。大小路を渡ってさらに山側に入り、一度角を右に曲がると、やがて大きな社があった。

「ここです」

そう言うと、伝衛門は小さな鳥居をくぐった。裏から入ったらしく、向かいに大きな鳥居が見える。何羽もの鳩が、伝衛門に驚いたのか、音をたてて一斉に飛び上がった。すでに陽も高く、参拝する者がちらほら見える。

「列車が通ってからは、京、大阪から来る者も多うございます。住吉大社とえべっさん。そして、ここをお参りして、さらに金と暇があれば、熊野まで足を延ばすようです」

「ここに弥一郎が入っていくのを、甚吾が見た……と。伝衛門のところに連れて来られたということは、ここは市外になるんだな」

「左様《さよう》です。まあ、市内にあっても、寺社に棟別銭《むねべつせん》はかけられませぬが……。おおむね、大道筋より海側が市内で、山側が市外となります。ただ、大道筋より山側でも、川舟から見えていた納屋衆《なやしゅう》の蔵が立ち並ぶあたりは、市内となります」

そのとき、境内《けいだい》に立って、両の手を広げた娘の身体じゅう頭から足の先まで、いっぱいの鳩が止まった。さながら鳩をまとったかのようだった。連れの男が大笑いしている。

「甚吾は、弥一郎が社殿の裏から入るのを見たと言っていた。いま、入って来たところだな」

「土御門《つちみかど》様の家は、五丁ほど北へ行ったところ、こっちと同じ大道筋の山側ですので、そこからまっすぐここに来ると、いまのところから入ることになりましょう。ただ、行く先がここやったのか、通り越して、どっかに行ったのか……」

「そもそも、何を運んでいたのやら……甚吾が言っていたおじぎ山いうんは、どこにあるんや?」

「堺には、小さな丘というか山というかが、ぎょうさんございます。一番大きなのは、角紅屋を舟で出たときに見えた大山です。次に大きいのが、ここから少し南側、石津川から舟で戻るときに右手に見えておりましたが、おじぎ山というと、普通はそれを指します。

が、なにぶん、そういう小山がいくつもありますので、どれもおじぎ山と呼ぶことがあります。なので、甚吾が言っていたのが、どの山かは、ちょっと……」

「木がお辞儀してるから、おじぎ山や言うてたな」

「たいていの山は手入れをせずに荒れ放題です。木が生えるなりで、四方に向けて垂れておりますゆえ、お辞儀しているように見えるのです。元は陵《みささぎ》やいうことで、子どもには行くな言う親が多ございますが、聞きゃあしません」

「陵か」

小五郎がつぶやいた。

「少し動いてみて、町の様子がつかめてきた。甚吾の家は大寺さんや市からはかなりあるな」

「鉄砲町は北の端ですから……ただ、いずこの童《わらべ》も同じでしょうが、どこにでも現われおります」

最後の方は苦笑いしながら伝衛門が言った。

「土御門が代官所を出たときに、歩いていった方向いうのは分からんか?」

「大道筋に出て行ったことは分かっとるんですが、そっから先は皆目……」

「藤田。代官所へ戻って、やってもらいたいことがふたつある。ひとつは、京の法水卿にテレソンで、石津川にあがった骸《むくろ》のことを知らせる。ついでに、新たなことが起きてないかも。堺の一件と京の一件は、妙な因縁があるのかもしれぬ。もうひとつは、手の者に港をあたらせてほしい。娘の骸を京から運ぶには、船を使うしかないらしいからな。ならば、堺の港で誰かが何かに気づいていてもおかしくはなかろう。虱潰《しらみつぶ》しにあたりたいんや」

「承知しました。港は市中になりますので、市中まわりの寺島様を頼らねばなりませんが、この次第では、引き受けてもらえるでしょう」

「佐々様も、寺島を好きに使えとおっしゃってくださっておる」

「殿はどうなさるおつもりで？」

「市を覗いてみる。弥一郎が言うておった薬種売りの話が聞きたい」

小五郎たちが市に入るなり、巳《み》の正刻《せいこく》（午前十時）を告げる寺の鐘が鳴った。午前《ひる》のもっとも人出の多いころあいだった。小五郎と天晴の服装は、ひときわ目立っている。すれ違う人々がふり返ったり、遠目から窺うように見ている。しばらく歩いて、小五郎は薬種売りの店を見つけた。幅一間ほどの布を道端に敷いて、朝鮮人参や鬱金《うこん》などが入った、一升ほどのギヤマンの壜をいくつも並べている。いかつい顔をした大柄な男が、煙管《きせる》片手に床几《しょうぎ》に腰かけて、修験僧姿の小男と話し込んでいた。小五郎はギヤマンの壜を眺めながら、ふたりの近くに立った。

「……そもそも、そんなこと出来るんかいな」

床几の男はそう言うと、煙草を一口吸った。

「いや、聞いたことすらない。無理ではないか」

「外津国《とつくに》の術なら、出来んのやろか」

「分からぬ。街場の者では手に負えぬのではないか。寮の上級でなければ。……それこそ、安倍晴明《あべのせいめい》なら出来たであろうか」

床几の男が小五郎に気づき、ふたりはぴたりと話し止めた。間髪を容《い》れず、小五郎が言った。

「上級陰陽師の力が入用か？」

ふたりの視線が小五郎に注がれる。どちらも警戒心を露《あら》わにし、口をつぐんだ。小五郎はどうだと言わんばかりに、無言でふたりに対峙する。

「お客さん、何の話や」

煙管の煙を一口ゆっくり吸い込んで、薬種売りが言った。

「すまぬ。おふたりの話を聞くともなく聞いていると、陰陽寮の上級陰陽師をお探しのように聞こえたものでな。そちらの方も、術師かな」

小五郎が客の方に目を向ける。

「いかにも。……しかし、お侍さんは、陰陽師には見えないが……」

天晴は、このあとの成り行きの予想がついて、内心穏やかではない。

（相変わらず、突然、無茶をする）

蒲生邸のときの「あっぱれ！」を思い出していた。

「もちろん！」

小五郎は強く言った。

「だが、拙者の相棒が上級陰陽師でな。それも腕が立つぞ」

薬種売りと修験僧は顔を見合わせた。

「上級陰陽師ということは……寮の陰陽師なのか？」

修験僧の口調は慎重だ。

「陰陽寮の奨励会三段リーグを一期で抜けておる！　外津国の術にも、明るいぞ」

「……お侍さんが……その、また、なぜ……そういう……その陰陽師と……お知り合いなので」

薬種売りの言葉がたどたどしくなった。

「だから、相棒だと言うておる！」

そう言うと、少し後ずさっていた天晴の腕を、振り向きもせずに摑んで、ふたりの前に引っ張り出した。天晴は腹を括《くく》って、修験僧から見えるように、袖なし外套《クローケ》の胸元をわずかに開いた。同時に、山伏装束の襟の紫の房を認める。中級相当の陰陽師だった。

「私に出来ることがあれば、相談に乗ろう」

天晴は言った。

「陰陽寮の上級が、なぜ、こんなところに……」

修験僧がつぶやくように言った。

「街場の陰陽師の手に負えぬことを引き受けるために、陰陽寮というものはある。……実をいうとな」

小五郎は一度言葉を切ると、ふたりの方に身を乗り出して、声をひそめた。ふたりも釣り込まれて、小五郎の方に身を寄せてくる。

「土御門という陰陽師が堺の代官所におるだろう？　そこの内弟子に聞いたのだ。市で上級陰陽師を探している者がおると。薬種売りの店で陰陽師が言うておったとな。ここのとではないのか」

「そんなことがあったのか」

山伏の言葉に、薬種売りがうなずく。

「夜霧丸《よぎりまる》たちが話していた。土御門様は上級だから、もしやと思って、弥一郎に訊ねたんだろう。それが、まさか……」

突然言葉を切る。小五郎は逃さない。

「まさか？」

ふたりは黙り込んだ。しかし、修験僧が口を開いた。

「お侍さんは、どういう素性のお方ですか？　話せと言われれば話しもしますが、どこの誰ともしれぬお人に、軽々しく話せることでもない」

「ほう！　なかなか筋の通った山伏殿だ。確かに、その通り。拙者、織田家家臣にて権《ごんの》刑部卿《ぎょうぶきょう》越前守《えちぜんのかみ》明智小五郎という者。土御門様行き方知れずの報せを受けて、京《みやこ》より遣わされた。……どや。話してはもらえんか」

「刑部卿！」

ふたりの声が大きくなる。

「権の一字が付いてるけどな」

ふたりとも、その場に平伏し、面《おもて》を伏せる。小五郎はしゃがみ込んで、ふたりの耳元に囁《ささや》く。

「人目がある。こんな形《なり》でも、お忍びや。たいそうにせんでくれ」

小五郎の背後で片膝ついた天晴は、精一杯笑いをこらえる。

(確かに、この恰好でお忍びもないものだ)

「ついでや、このまんまで話そうか。上級陰陽師を探したある者《もん》いうんは、ほんまにおんのやな」

しゃがみ込んだまま、依然、ふたりの口は重い。修験僧が薬種売りに何か問いかけるような視線を送っている。薬種売りは舌を出して、唇を一度舐めた。

「どうせ、噂話以上のことは、俺たちにも分からぬし、噂になっているのなら、いずれは、この人たちの耳にも入ろう」

その言葉に、山伏がうなずいた。

「では、お話しいたそう。拙僧は今朝《けさ》、熊野から堺に着いたのですが、道中道連れになったお侍がおりまして、ふたりして茶店で朝餉《あさげ》に握り飯を食べていたところに、三十くらいの女が、拙僧の身なりを見て、声をかけてきました。房持ちということは術を使えるんでしょと申しまして、上級相当の陰陽師かと訊ねます。紫の大房は中級相当で火術得手の修験僧だということは知らないようでした。山伏で上級相当まで昇るには、十年や二十年の修行では、とても無理です。半可通《はんかつう》だと思い、相手にしませんでした。ところが……」

修験僧は、ここで一度唾を呑み込む。

「上級の陰陽師なら、死人《しびと》を生き返らせるんでしょと申します」

「なに⁉」

小五郎が叫ぶと同時に天晴も息を呑んだ。

「あまりに途方もないので、言葉が出ませんでした。これでも修行の道に入って二十年を越えます。しかし、そのような術など聞いたこともありません。そんなことが出来れば、いまごろは蔵持ちの納屋衆になっていると、茶にしました」

「それで、女はどうした」

「それはそうよねと、笑っておりました。……おりましたが……」

おりましたが？」

「あれは、どう考えても本気でした」

小五郎は薬種売りに顔を向けた。

「弥一郎に心当たりを訊ねたときには、死人云々の話は出ていなかったんだな」

「もちろん。俺も、さっきこいつに聞いてびっくりしたんだ」

小五郎は考え込んだ。

（死人を生き返らせることの出来る陰陽師だと）

そんな者はいるわけがないと思いつつも、小五郎は天晴の顔をうかがう。天晴はとんでもないという顔つきで、首をわずかに横に振ってみせた。

11　菜っ葉の菜ではなくて

市を海の方向へ歩くと、広場に出た。本来は店が並ぶところのようだったが、大きな掛け小屋が建っている。円形なのが珍しかった。中に人の気配がなく、捥《も》ぎりも立っていない。朝早くなので、興行の時間ではないようだ。しかし、様々な色遣いの文字で「たんどれ　あほーん一座」と書かれた大看板が、正面に見えた。

「見世物小屋か？」

小五郎の声に嬉しそうな色が滲む。

「travelling carnavalでございましょう。見世物というより、寄席《よせ》に近こうございますが、このように天幕造りの小屋を掛けて、国々を回ります。日《ひ》の本《もと》にまで来るようになったのですね」

物珍しげに見守るふたりの目の前で、若者がひとり、おずおずとした様子で小屋の中に声をかけ、そのまま入って行った。青々とした坊主頭の男で、丸で囲って五十一と書いてある袷《あわせ》の背中に、長刀を背負い、手には大根を一本さげていた。

「お勤めを無事終わらせられたら、一度見物してみたいものだの」

そう言うと、小五郎は、小屋に入っていった若者がやって来た方へ足を向けた。

「これは、これは、明智様。ようこそお越しくださいました」

少し歩き、青物《あおもの》売りの店があるなと気づいたと同時に、小五郎は大きな声をかけられていた。声の方に顔を向けると、石津川で会った、白い撞木杖《しゅもくづえ》に僧服の盲人が立っていた。

背後に男がふたり。ともに天晴と同じくらいの背丈だが、片方は細身で鋼《はがね》のような身体つき、もう一方は相撲《すもう》取りのような巨漢だった。さらに、その後ろに大きな風よけの傘が立ててあり、それに負けじと大きな洋風の椅子が鎮座していた。

「おや、検校殿ではないか。よく、拙者とお分かりで」

盲人は破顔した。

「めくらのくせにですか？　朝方ご招待もうしあげましたので、準備万端整えておりましたからな。そこらに、目となる者を放《はな》っておりました。まずは、柱名《はしらな》襲名おめでとうございます。明智様ならいつかはと思っておりました。……そうそう、お連れの方をご紹介いただけませぬか」

しかし、小五郎の応《こた》えをまたずに、巨漢の方に茶の準備を命じる。隣りに店を出している青物売りが、店先に吊るした干し柿をもいで、皿に乗せて出した。

「まずは、お座りください」

細身の方は縁台を出して、小五郎たちに勧めた。検校は、それまで座っていたらしい洋風の椅子の位置を手で探ると、腰かけた。そして、懐《ふところ》から紙片を取り出した。

「愚僧は、こういう者でございます」

天晴が紙片を受け取る。厚手に漉《す》いた和紙に「検校　丸野菜市」と墨で書いてある。

「visiting cardですか。西洋ふうですな」

検校の片眉が持ち上がる。

「西洋の文物にお詳しい。……それで、明智卿についておられる。……もしや、陰陽寮の安倍天晴様でございましょうか」

突然、小五郎が検校の声に負けじと大声で笑った。

「な、天晴。食えぬ検校であろう？」

「またまた……明智様は、すぐに、この野菜市めをおからかいになる……」

「なんの。褒めておるのだ。さきほど会ったときには、なぜ、また堺にと言うておったが、拙者が伊達《だて》や酔狂《すいきょう》で堺に来るはずがないと分かっておるのだ。ならば、公務であり、陰陽師がついているはずと、読んでおる。手がかりのひとつもあれば、腕のたつ上級陰陽師の名を言い当ててみせることなど、この丸検校には朝飯前ということや」

そこに相撲取りふうが茶を出した。

「天晴様と承知いたしておれば、珈琲《コーヒー》をご用意いたしましたのに。まことに気がつきませんで、ご容赦ください。干し柿も、よろしければ、どうぞ」

検校は下手《したて》に出る。

「おいしくいただいておりますよ」

天晴も穏やかに言葉を返した。

「丸検校は、なかなかのやり手でな。京から堺にかけて、問屋から小売りまで青ものの座を仕切っておるんや」

「それで、野菜市と称しております。口の悪い輩《やから》はナッパ市などと申しますが……。もっとも、この堺は楽市楽座ですので、誰でも商いできます」

「しかし、検校から仕入れずして、どこから仕入れるんや?」

「いくらでも、他所《ほか》で仕入れたらよろしい」

「検校の手の届かぬ遠くからな。その遠い分、売値で負ける。……食えぬ検校と言ったであろう」

小五郎の不躾《ぶしつけ》な物言いにも、検校は笑っている。

「運び込むのに遠くなると、何かと事故も起きるしな……」

「明智様、そういう言い方はちょっと……」

しかし、小五郎は意に介す様子がない。

「それにな、天晴。この検校、なかなか学問があってな。英仏語も読むんや」

「英仏語を?」

「愚僧は音曲が苦手ですし、針灸《しんきゅう》も得手ではないので……」

「ほう。検校は音曲が苦手か！」

「はい。君が代を歌うと裏声になってしまいます。……ですから、学問くらいありませんと。それに、たいていのことは、日の本も西洋に負けませんが、点字というものの便利さは勝てませんな。ようやく日の本でも真似るようになりましたが、文字数《もじかず》が多ございましょう。西洋いろは《アルファベート》は文字数が少ない」

「この検校が、英仏帝国の書を、やまと言葉に訳しては、横浜の蔦屋《つたや》が本にして出している。『無頼豚五十四』とか『倍にする者ども』とか。検校、最近出した本はなんと言うたかの『彼岸《ひがん》がナントカ』と……」

「『彼岸の上行《うえい》く』でございます。天晴様も、確か、英仏帝国が長かったのでは……」

「はい。しかし、大陸がほとんどですから。検校がお詳しいのは、England とか Ireland あたりのようですな」

「左様《さよう》。大陸のものは野火市《のびのいち》さんに任せております」

「ところで、検校」

突然、小五郎が話題を変えた。

「知り合いに、死人《しびと》を生き返らせることの出来る陰陽師は、おらぬか」

検校は首を傾げた。その目からは表情が読みとれない。それでも、小五郎は検校の顔をじっと見つめている。

「死人をでございますか？　それは無理というものでございましょう。……しかし、そのようなことは、拙僧よりも天晴様の方がお詳しいのでは？」

「あまりに途方もないのでな……丸検校の見識ならと思うたまで。そうだ。代官所の土御《つちみ》門《かど》殿とは懇意《こんい》なのか？」

「懇意と言えますものやら……お言葉をかけていただいてはおりますが……あの方は、拙僧のような我流の独学者も、分け隔てなくおつきあいくださいますから」

「ここだけの話にしてほしいんやが、一昨日《おととい》から行き方知れずになったある。拙者が堺に来たのはそのためだ。心当たりはないか？」

「土御門様がですか？　陰陽師の。……行き方知れず……。いま、初めて聞きました。もしや、先ほどの死人云々と関係が？」

「それは分からぬが、かりに、陰陽師の手で死人を生き返らせたいと考えた者が、堺にいたとしたら、一番に思いつくのは、土御門殿なら出来るだろうかということではないか？」

検校は黙り込んだ。小五郎は、さして待たずに、話を切り上げた。

「野菜市殿。お茶と干し柿ありがとうござった。検校が息災のようで、なによりだ。いまのことは、何か思い当たることがあったら、代官所の藤田に一報もらえるとありがたいがの」

　そう言うと、天晴をうながして縁台から立ち上がった。

　青物売りの並ぶ通りを抜けながら、天晴は検校から渡された紙片を懐から取り出して見入った。横合いから小五郎が小声で言った。

「それは表の名前なんや」

「えっ」

　天晴は紙片にやっていた目を小五郎に向ける。

「裏の名、本当の名前は、菜っ葉の菜ではなくて、斎《とき》の字をあてるんや」

「トキですか」

「そう。野っぱらの斎と書いて野斎市。すなわち、弔《とむら》いの元締め。京から堺あたりにかけての墓掘りたちも、あの検校が束ねておるんや」

12　午《ひる》にはなくなっている

市を出るなり、小五郎は呼び止められた。代官所の方から伝衛門が小走りに駆けてくる。

「殿！　行き違わなくて良かった」

「何かあったか？」

「おじぎ山の堀に骸《むくろ》が浮いているという知らせが、代官所に入りました。それが、年恰好からして、どうも土御門《つちみかど》様のようで……」

「おじぎ山？」

「はい。納屋町河岸《なやちようがし》に舟を着けさせますので、それで参りましょう」

そう言うと、大道筋を北へ走り始めた。小五郎と天晴も後に続くが、伝衛門の背後に男がひとり控えていた。身の丈五尺八寸（約一七四センチ）ほど。がっちりとした体格で腰回りが大きい。鼠《ねずみ》色の羽織に黒の縦じまの袴《はかま》。腰に帯刀している。無言で三人に続いた。駆けながら伝衛門が小五郎に言った。

「とりあえず、名前だけ申し上げます。遠縁の者で藤田平四郎と申します。当家の……」

言いかけたところを、小五郎がさえぎった。

「おお！　お主が虎《とら》の平《たいら》か」

「ご存じでしたか」

伝衛門が驚く。平四郎の顔に微かに照れたような笑みが浮かぶ。

「知らいでか。藤田家中、いや、明智一党の中でも無双の使い手、人呼んで虎の平と聞いておる。迷惑承知の腕達者とは、この男のことか」

「はい。さきほど、代官所に着いたところでした」

「そうか。休む間もなかったの。大儀だったな」

虎の平は黙ったままだ。

「これ、ご挨拶くらいしろ。……申し訳ございません。腕も無双なら口下手も無双でございまして」

伝衛門のとりなしに、小五郎が大笑する。

「構わん。出来るだけ刀は抜かせぬようにするつもりだが、いざという時は頼む」

「かしこまりました」

低いがはっきりとした口調で平が答えた。

一行を待っていた川舟の船頭は、さきほど唄を聴かせた男だった。

「おや、旦那方がお乗りかね」

乗り込むとすぐに、舟は河岸を離れた。小五郎は懐《ふところ》から革袋を取り出し、中から銅銭を船頭に手渡した。

「さきほどの約束だ。一節《ひとふし》聴きたい」

天晴は革袋を見て、京の三条河原《がわら》のことを思い出していた。そこに、船頭の声が頭の上から聞こえた。

「では、先ほどは川の唄だったので、次は山の唄を」

〽箱根の山は　天下の険
函谷関《かんこくかん》も　物ならず
万丈の山　千仞《せんじん》の谷
サンタ・ルチア　サンタ・ルチア

舟は宿院の渡し場から、土居川の支流を分け入り、幾度も曲がりながら東の山側へ向かった。目の前の大山が、みるみる、さらに大きくなっていく。

「こんなに大きな山だったのか」

小五郎は声をあげていた。高さはそれほどでもないが、なだらかな裾野が長く続く。連なる峰がない、ひとつだけの山というものを、小五郎は見たことがなかった。それは、奇景と呼ぶにふさわしかった。

「これが、もし陵《みささぎ》であれば、人の造ったものということだ」

そう考えて、小五郎は、あらためて感嘆した。濠《ほり》の流れは、一度曲がって、大山を背にし、さらに幾度か曲がりくねった。やがて、伝衛門に舟を下りるよう言われ、土手を登ると、目の前におじぎ山が見えた。大山の半分ほどの大きさだが、周囲に大きな濠が巡っている。あたりには人家がなく、放たれた馬が数頭草を喰んでいた。濠の淵に人が集まっている。伝衛門を先頭に、その人の輪に近づいた。中のひとりが伝衛門に気がついた。

「藤田様！」

「仏様があがったんだと？」

「はい。五十がらみで、身の丈五尺五寸（約一六五センチ）。小太りで白髪《しらが》が目立つという回状とぴったりやったもんで、動かす前に代官所に知らせた方がええかと……」

「見てみよう」

伝衛門が堀端に下りるのに、三人が続いた。

「あの男は丑松《うしまつ》といって、このあたりでも力のある博労《ばくろう》です。仏様を見つけた者が、まず、あの男に知らせたんでしょう」

伝衛門が小五郎に小声で言った。

小船に乗せられたままの死体は、羽織の紐まできちんと結んで、整った身なりをしていたが、右のこめかみに血痕鮮やかな打ち傷があった。

「土御門様です」

伝衛門が囁《ささや》き、すぐに「南無阿弥陀仏《なむあみだぶつ》」と呟いた。

「身なりは、姿を消したときのものか？」

小五郎の問いに、黙ってうなずいた。

「天晴、死体を検分してくれ」

死体を天晴に任せると、小五郎と伝衛門は、土手を登って、先ほどの博労に声をかけた。

「仏様を見つけた者の話が聞きたい」

伝衛門が言うと、博労は心得ていたようで、背後にいた小男をふたりの前に導いた。

「このあたりで馬を飼っております」

博労の言葉に小男がうなずく。しきりに手に持った手ぬぐいをしごいている。

「いつ、どのようにして仏様を見つけた？」

「一刻《いっとき》ほど前に、この旦那に馬を見せに、ここに来たら、堀に浮かんでおりました」

「その通りでございます」

隣りにいた商人ふうの押し出しのいい男が言い添える。五十代、ひょっとしたら六十過ぎかもしれない。

「俺んとこへ来て、馬を一頭買いたい言うんで、秀《ひで》のところで選ぶよう、言うたんです。金に糸目はつけんさかい立派な馬をと言わはるんで、なら秀んとこが良かろうと」

さらに博労の丑松がつけ足し、秀という男もうなずいた。

「家から、馬見たい言うお客さんが来てはる言うてきたんで、子どもに駄賃渡して、馬見張らして、この方をお連れに戻ったんです」

商人ふうが同意するように首を縦に振って言った。

「そしたら、ここにいた童《わらべ》が、堀に人が浮いてると」

「では、見つけたのは、その子どもなんだな」

「はい。ようこのへんで遊ぶ子で、賢いし任せられるんで、ときどき物を頼むんです。馬の番も、何回かやらしたことがあって、そこそこ熟《こな》すんで……」

「その子どもというのは？」

小五郎が訊ねると、三人の男たちは一斉にふり返って、後ろに控えさせていた童を押し出した。その子どもを見て、小五郎は「おっ」と声をあげた。

「甚吾ではないか」

「昨日の京から来たお侍さんですね。着てるもんでわかりました」

小五郎は苦笑いするしかない。甚吾は続けて言った。

「仏さんは、陰陽師の先生でしょう？」

「そうか。お前は土御門先生を知っておったな。仏様は、堀に浮いてたんやな」

「はい。堀の真ん中よりはこっち側で……馬を見てたら、一頭が草食べてるうちに、群れから離れたんで、見きれんようになる前にそっちに行こうとしたら、堀に浮いてるのに気づいて……」

「それから？」

「馬飼いの小父《おじ》さんの家は知らへんし、戻るまで待たなしゃあない思て、馬と仏さんの両方を見られるとこで、見張ってたら、そのうち、小父さんがこの人連れてきて……」

小五郎が、秀と商人ふうに目をやると、ふたりは首を縦に振った。

「どのあたりに浮いておった」

「それは、ちょうど、この前です」

商人ふうが、舟を真下に見下ろす位置に立って、その前の水面を指さした。

「いまは、水嵩が増してますが、やり方を知ってる者《もん》なら、この堀は歩いて渡れんこともないんです。この子なんかは、いつもそうしてま。そんかわり、ずぶ濡れですわ。ただ、小舟はいつも堀に放《ほた》ってあるので、それ持って来て、引き上げたんです」

そう言いながら、秀は相変わらず、手ぬぐいを弄んでいる。

「引き上げただけで、それ以外に、仏様に触ってはいないな」

小五郎が念を押すと、全員が神妙にうなずいた。そこに、天晴が土手を登って戻って来た。

「甚吾ではないか」

甚吾の表情が明るくなった。

「この子が仏様を見つけたんだ」

小五郎は天晴にそう言うと、次に伝衛門に顔を向けた。

「仏様の後始末は頼めるか。京や納屋衆《なやしゅう》へ知らせるのも」

「承知。ただ、平は殿に付けますので、拙者ひとりになりますが……」

「なに。甚吾が頼りになろう。どうや、この小父さんの手伝いをしてもらえぬか。駄賃ははずむぞ」

小五郎は甚吾に向かって笑ってみせた。

「その前に、ひとついいですか」

甚吾の顔つきが神妙だ。小五郎は笑みをひっこめた。

「何かあったか」

「弥一郎が背負ってた箱を、おじぎ山で見つけましてん」

「なに！　あそこの山でか？　いつのことだ」

小五郎は目の前の小山を顎《あご》で指した。

「今朝、馬飼いの小父さんが来る前に、堀渡ったら、向こうで」

「ちょっと、待っておれ」

小五郎はそう言うと、大人たち三人の方を向いた。

「皆様は、これにて引き取られてよろしいのだが……。丑松さんに秀さん、すまないが、仏様を代官所に運ばねばならん。この伝衛門ひとりでは無理なので、手伝ってはもらえぬだろうか。それから、そちらの方は身なりからしてしっかりした身許《みもと》の方と拝察しました。お名前をお聞かせ願えますか」

　商人ふうに問いかけた。

「これは、失礼いたしました。私《わたくし》はしばらく前まで、銭形屋の番頭を勤めておりました喜兵衛《きへえ》と申します。大旦那様が隠居なさって、いまの旦那様に店を譲らはったときに、大旦那様の話相手にと、私も店を退かせてもらいましてございます」

「では、今日買いにこられた馬というのは……」

「はい。大旦那《おおだん》さんの命《めい》でございます。たいへん高い身分のお客様をお迎えするよって、お乗せする馬を調達せい言われまして」

「では、何かお訊ねする儀が出来た時は、銭形屋さんに聞けば分かりますな」

「左様《さよう》にございます」

　小五郎は甚吾に向き直った。

「では、その背負子《しょいこ》のところに案内《あない》してもらおうか」

　まず、土御門の骸を土手に下ろした。伝衛門は、丑松と秀に手配りを始める。空いた小舟は三人乗るのが精一杯だった。甚吾は少し離れたところから、堀に入って行った。堀は子どもの背丈に近い深さがあったが、甚吾の歩いているところは、底に岩でもあるところを伝っているのか、膝か、せいぜい太股あたりまで浸かるだけで、堀を渡っていく。師走の堀は冷たかろうが、気にする様子はない。棹《さお》を示すと、平が恥ずかしそうに笑いながら首を振ったので、小五郎は自分で棹をさした。

「美濃《みの》の揖斐川《いびがわ》復興のときは、よくやったものよ」

そう言いながら、器用に舟を操る。まもなく、対岸に着けた。先に着いた甚吾は着物の裾を絞っている。小五郎たちが舟から上がると、斜面を登り始めた。傾斜は見た目よりも急だった。鬱蒼《うっそう》とした松や楢《なら》が堀に倒れ込まんばかりにして立っている。一斉にお辞儀しているように見えた。その枝をかき分けて、甚吾は登って行った。斜面を登りきると、幅三尺ほどの山の周囲を巡る道があり、その道に取り囲まれるようにして、さらに斜面が上に伸びている。甚吾は三尺道を右手に進んだ。途中の道は、お辞儀している木のため薄暗い。だが、甚吾や他の子どもが頻繁に来ているのか、進むのに邪魔な枝だけは払ってあり、歩くのに難渋はしなかった。少し歩くと、お辞儀の木が途切れ、陽の光が射し視界が開けた。不器用な手作りの小さな地蔵が立っている。そこで立ち止まると甚吾は「あっ」と言った。

「箱があれへん」

「どういうこっちゃ」

「ないんです、箱が。ここに、こう置いてあったのに……」

甚吾は地蔵の脇に、箱が置いてあった様を手で示した。確かに、以前、甚吾が言った大きさの荷が置けるだけの場所が、そこにはあった。土の上には、箱を置いたような跡さえあった。

「朝来たときには、あったのに……」

しばし、誰も口を開かなかった。

「朝はあった」

小五郎がそう言ったとき、午《うま》の正刻《せいこく》（午正）を知らせる鐘が鳴った。小五郎が続けた。

「午《ひる》には、なくなっている」

13　外津国《とつくに》の王子様をお迎えする

小五郎たちが対岸に戻ると、伝衛門は死骸を運ぶ手配に忙しく、甚吾は駄賃がほしいからと、手伝いに残った。川に待たせている、乗ってきた舟に戻ろうとすると、銭形屋の元番頭の喜兵衛が話しかけてきた。

「畏れながら、お聞かせくださいませ。藤田様がおっしゃっていたのを、漏れ聞いたのでございますが、亡くなった土御門《つちみかど》様が、行き方知れずだったというのは、真《まこと》でございましょうか」

「申し遅れた。拙者、将軍三家中織田家直臣明智権刑部卿越前守《ごんのぎょうぶきょうえちぜんのかみ》でござる。確かに、その通り。その行方を探すために、拙者は、この陰陽寮上級陰陽師安倍天晴とともに、勅命を帯びて京からやって来た」

「勅命！　それはご無礼いたしました……差し出たことを申しまして……」

「喜兵衛さん。まあ、そう堅うならんと。拙者、見ての通りのばさら者でな。格式ばるのが、大の苦手ときておる。それより、何かご存じのことがあんのか？　あるなら、是非とも聞かせてほしい」

「その……行き方知れずというのは……いつから」

「拙者の知るかぎり、最後に姿を見られたのは三日前の未《ひつじ》の刻（午後一時から三時）あたり。そのころ代官所を出たきりや」

喜兵衛はひとつ息を飲んだ。

「どうした」

「三日前の……そう、申《さる》の正刻《せいこく》（午後四時）の少し前あたりでしたか。大道筋で土御門様に話しかけられました」

「なに！　大道筋のどのへんや」

「宿院の渡しから大道筋に出たあたりです。私を見つけて、大旦那《おおだんな》様は隠居所かと訊ねられました。そのとき、大旦《おおだん》那さんは、四、五日前から、京へ行かはってて、その日戻らはるはずでしてん。京から戻ったら、一度は店に顔出さはるはずですので、今なら、隠居所より店で待たれる方がよろしいでしょうと申しました。私もそのとき店に向こうておりましたので、ご一緒しましょかと申したのですが、土御門様は、いや、それなら止めとこうとおっしゃって、それで別れましてん」

小五郎は腕組みをして、しばし考え込んだ。

「場所は宿院の渡しあたりなんだな？」

「はい。私はそこの貸し舟屋に用がございまして、それを済ましたところで、店に向こてましてたら、大小路《おおしょうじ》の方から土御門様が歩いてらして……」

「で、別れて、土御門様はどちらに行かれた？」

「大道筋を反対側に渡って、そっからは分かりまへん」

「それは山側に渡ったいうことやな？」

「左様《さよう》です」

「で、そのあとは？」

「それきり土御門様は、お見掛けしてません。……先ほど堀から上げたときに、土御門様と分かりましたが、あんまりびっくりしたので、言いそびれてしまいました。……で、その日は店に帰って、夕方、大旦那《おおだん》さんには、話したんですが、大旦那《おおだん》さんも『なんやろな』言うだけで……」

「隠居所は、どこにあるんや」

「宿院から大道筋渡って、南に少し下ったとこでおます。お寺さんが多《おお》て、静かなとこがええと大旦那《おおだん》さんがおっしゃって……」

「では、そこからは近かったんやな」

「はい、わりと」

「土御門様と銭形屋さんとは懇意《こんい》なのか」

「銭形屋は廻船と外津国《とつくに》との交易で商いをさせていただいておりますので、船を扱うことが多ございます。船頭にはタレントの持ち主がおりますし、外津国との交易船は、航海も長く難しくなりますので、必ず陰陽師を、それも出来るだけ上級相当を乗せます。そういう関係で、陰陽師さんとはお付き合いが多い。とくに土御門様は、顔も広ければ、古今《ここん》の術にたいへんお詳しく、齢《とし》も大旦那《おおだんな》さんと近いいうこともあって、何かと、ご相談に乗っていただいておりました……ここだけの話にしてほしいのですが、銭形屋で抱えております上級相当の陰陽師が、来年で四十五になります。そろそろ外津国への航海がきつうなってくる頃合でして、次の上級相当を探さんならんとこなんです。こういうことを相談するんは、土御門様が一番ですが、いまの若旦那《わかだんな》さんは、店の切り盛りに一杯で、そこまで、よう手がまわりません。上級相当の陰陽師いうんは、一年二年で抱えられるもんとちゃいまっさかい、いまのうちから手ぇ打っとかなあきまへんねん。それで、大旦那《おおだんな》さんも、土御門様と若旦那《わかだんな》さんとの間に道つけようと、心を砕かはってたとこですねん」

「上級相当を抱えるのも、簡単ではないらしいな。いまの陰陽師はどうやって抱えたんや？」

「はい。泉州《せんしゅう》の炭焼きの子が奨励会におって、入会二年ちょっとで三段まで行ったいうんで、声をかけましてございます。奨励会抜けたところで、寮には入《い》れず、銭形屋で抱えました。それが十七の歳でしたかな。そのころ、京の陰陽寮で、三十の手前やのに上級目前で、三十年にひとりの逸材言われてたんが土御門様です。縁があって、寮なみのご指導を賜りました。たいへん運が良かったと、いまでは思えますが、それでも、上級相当まで上がるのに十五年かかりました」

「土御門様が堺の代官付きになる前ということか」

「そうです。堺にいらしたのは……七年前ですかな。大旦那《おおだん》さんと意気投合したんは、それからです」

「で、大道筋で会ったのちは、見てないんやな？」

「はい。その日は結局、店にも隠居所にも、お見えになりませんでしたし、翌日以降も、もちろん、いらっしゃいませんでした」

「ふむ。……喜兵衛さんは、大旦那《おおだんな》さんと一緒にお住まいなのか？」

「いいえ。妻も子どももおりますので、大寺さんの裏に住んでおります。隠居所にはひとっ走りのとこです」

小五郎は腕組みをして、うつむいた。やがて顔をあげると言った。

「喜兵衛さん、よう教えてくださった。このようなことになったからには、土御門様の亡くなった経緯《いきさつ》は、つぶさに明らかにする所存。銭形屋の大旦那にもお話をうかがうことがあるやもしれぬ。その折には、今一度お助け願いたい」

小五郎は天晴と平《たいら》を伴って、舟に戻ると、宿院の渡しで下りた。一度目に下りたときに繁華な町並みだったので、昼飯を食わせるところが見つかるだろうというのが、小五郎の思惑だった。堺には暗い三人だったが、すぐに、香炉峰《こうろほう》という唐料理の店を見つけて入った。あまり時間をかけられないので、点心をいくつかたのむ。唐様《からよう》の裾の長い服を着た男が注文をとった。茶は茉莉花茶《まつりかちゃ》というと「本場のお茶をお出しします。正直、京で飲まれているものは、私は飲む気がしません」と流暢《りゅうちょう》に言った。平は同席を頑《かたく》なに拒み、小五郎から少し離れたところに椅子を据えて腰かけた。店に入るときも刀を預けない。小五郎は笑って、好きなようにさせた。

(なるほど。入り口と明智様の背後が見通せて、自分の背後は壁という場所か)

天晴は感心した。そうしたことに気づかぬ小五郎だとは思えなかったが、口にすることはなかった。さきほどの男が茶を持って来て注いだ。一口含むと、確かに京で供されるものと同じ茶とは思えなかった。小五郎もそうだったらしく、表情に出た。

「いかがです?」

唐服の男は得意気だ。

「確かに。おい、平。茶ぐらいはよかろう」

そう言って、湯飲みを渡した。唐服の男が平の湯飲みに注ぎながら言った。

「日《ひ》の本《もと》のお茶でおいしいのは、揖斐茶《いびちゃ》と八女茶《やめちゃ》ですね。揖斐茶はお出しできますよ」

「揖斐茶を出すのか」

「はい。お客さん、揖斐茶をご存じか」

「うむ。しかし、茶はこのままがいい。だが、御主人。揖斐茶は手に入りにくかろう」

小五郎が水を向けると、男はのってきた。

「はい。品薄がただひとつの欠点。うちの店は角紅屋さんから回してもらってるんだけど、要るだけは来ないね」

「ほう。角紅屋が扱うのか」

「はい。そろそろ来年の割り当てを決める談合があるはずなんだけどね」

「扱い量も、その談合で決めるのか？」

「そうみたいよ。取引の値段と量と。少し珍しい品は、たいていそうだね……。うちらみたいな店や小売は、談合には出られないから、詳しいことは分からないけど」

「しかし、必要なだけ来ないと困るだろう」

小五郎がそう言うと、男はあたりをはばかるような笑みを浮かべた。急須の茶を小五郎と天晴に注ぐついでに、身体を傾けて顔を近づけてきた。

「角紅屋さんには内緒なんだけどね。もうひとつ仕入れ先があるのよ」

小声になっている。

「ほう。商売上の秘密か」

小五郎も共犯者の笑みを浮かべてみせる。

「お客さん、知らないだろうけど、ここらの野菜売りを仕切っている検校がいるのよ。揖斐茶の談合は納屋衆《なやしゅう》しか出られないはずなんだけど、その検校だけは談合に出てるんだ。……角紅屋さんより、ちょっとだけ高いけどね」

「ほう。そんな検校がいるのか？」

小五郎は白を切る。

「堺の商売人の間じゃ有名よ。……実を言うと」

男はさらに小声になった。

「少し危ない男でもあるんだ。その男の裏をかこうとして、手足失くした人間がいっぱいいるんだと……」

「そりゃ剣呑《けんのん》だな」

唐服の男は肩をすくめて舌を出してみせると、急須を置いて奥へ下がった。しばらくして料理がくると、食事に専念したが、やがて、小五郎が切り出した。

「土御門様の死体はどうだった。頭の傷か、やっぱり」

「はい。ただ、殴られたのか打ちつけたのかまでは分かりません。近くにぶつけた物や場所もありませんでした。他所で死んだのを運んできてますね」

「死んでからは？」

「かなり経っています。昨晩より後ということはないでしょう。ただ、血痕があまり流されていないので、そう長い時間堀に浸かっていたわけではなさそうです」

「いなくなって、おおよそ二日。その間、どこにいたのやら……」

小五郎はうつむいて考え込んだ。やがて、顔を上げると言った。

「おじぎ山の一件、どう思う?」

「私も、そのことを話したいと思っていました」

「何か考えがあるのか?」

「甚吾が見たと言い、弥一郎が知らぬと言った。あれは、どちらも本当のことを言っているかもしれないのです。前に一度お話しした気もしますが、術師の道具箱や鞄には、たいていの場合、接近原理の術がかけてあって、離れ離れになっても、すぐに術師のところへ戻る仕組みになっています。そうだとすると、なんらかの理由で、土御門様が道具を取りに戻れなくなったら、術が働いて、まず、弥一郎がどこかへ運ぶことになるでしょう。それで一歩近づくのです。その場合、弥一郎がそれと知らずに運ぶということは、ありえます」

「それは俺も考えた。ありそうな話だしな。ただし、絶対にそうだという確証はない。そうだったとしても、では弥一郎はどこに運んだかは分からぬままだった。しかし、弥一郎が運んだか、あるいは、弥一郎以下何人《なんぴと》かの手によってかはともかく、一日かけて、おじぎ山に届いた。そして、さらに、次の者の手でどこかへ運ばれた」

「そこなんです。今朝《けさ》のことがあって、かえって分からなくなったことがあるのです」

天晴の言葉に、小五郎は眉をひそめた。

「接近原理で道具箱が動いたとしましょう。ならば、土御門様のところへ向かって動くはずです。しかし、おじぎ山の堀に土御門様が浮かんでいるのに、道具箱は、そこから動かされているのです。そもそも、土御門様が死んだところで、術は効かなくなったはずです」

「ということは」

小五郎の言葉に天晴はうなずいた。

「仮におじぎ山までは術で動いたとしても、その先、少なくとも、おじぎ山から動いたのは、術のせいではありません。何者かが、持ち去ったのです」

「しかし、陰陽師の道具を持ち去って、何をするんだ？」

「そうなんです。土御門様は無論、立派な道具をお使いでしょう。しかし、上級あるいは上級相当なら、自前の道具を持つのは当たり前です。どちらかというと、立派とか高価なものより、慣れたものを使いたくなるのが術師の気持ちでしょう。土御門様の道具を他の陰陽師が必要とするとは、あまり考えにくい。かといって、中級者では、とても使いこなせますまい」

「どういう場合が、考えられる」

「ひとつ考えられるのは、陰陽師が旅先だとか、とにかく、自分の道具がなくて、かといって呼び寄せるだけの暇もない場合ですか。もっとも、上級ともなれば、最低限必要な道具は持ち歩くものですが……」

「なるほど、他所《よそ》の陰陽師か……そうすると厄介だな。……待てよ。道具箱の中身が道具でないとしたら、どうだ」

「道具でない？」

今度は天晴が眉をひそめる。

「その場合でも、術はかかるのだろう？」

「ええ。中身が何であれ、術に関係はありませんから」

「銭形屋が言うておったろう。商家の娘の亡骸《なきがら》は行李《こうり》で背負っても運べると」

天晴はあっと声をあげた。銭形屋が言ったときのことをすっかり失念していたのだ。

「ただ、この考えにも、分からんところはある。昨夜か今朝かは分からんが、娘の骸《むくろ》を川に投げたら、箱は用済みだろう。朝一番に拙者たちが角紅屋に行ったのと同じころ、娘の骸は見つかっている。堺の北の端から来た甚吾が、おじぎ山で箱を見つけたんは、どう考えても、亡骸が川に投げられたのちのことだ。甚吾が見つけたそのときに、骸が入っていたはずがない。となると、それを、わざわざ動かすというのが分からん。ほかに、何か入っておったのか……」

そのとき、パンパンパンと乾いた破裂音がした。続いて、ドーンという大砲でも撃ったかのような音が一撃。小五郎は、椅子から立ち上がりかけて中腰になる。店の客のうち何人かが、同じように動いた。虎の平は、わずかに右足を後ろに引くと、右手に持って杖のようについた刀の柄に、左手をかけていた。だが、次に始まったのは、鉦《かね》と太鼓の音だった。さきほどの唐服の男が奥から現われて言った。

「御心配なく、みなさん。外津国の王子様をお迎えするお稽古よ」

店から出てみると、破裂音は、爆竹を鳴らしている音だった。鉦や太鼓は、少し離れたあたりで鳴っているようで、演奏している者の姿は見えない。音を頼りに近づこうとすると、市の方へ向かうことになった。

「mehterhane のようですね」

天晴が言った。

「メフテルハーネ?」

「ええ。軍隊付きの演奏部隊です。発祥はサラセン軍と聞いていますが、日の本にもあったとは知りませんでした」

「いや、聞いたことないぞ」

小五郎と天晴は顔を見合わせた。小五郎が平の方を見ると、舟の棹《さお》のときと同じ笑みを浮かべて、首を振る。小五郎が足早になった。市の入り口あたりで、楽器らしきものを手にした十人足らずの一団が、市に入って行くのに追いついた。そのころには、短かい節《ふし》のくり返しであることも分かって来た。軽快な、それに合わせて歩くのに適した節だった。一団は市の中央を練り歩いた。店の者も客も、通りかかると目をやった。

「奏でている楽器は、洋風ですね。ただ、mehterhaneにしては、人の数が少のうございます。それに軍隊ですから、揃いの軍服になるはずなのですが……」

　天晴が呟くように言った。一団の装束は、軍服というよりも、それを華美にくずしていて、どちらかというと小五郎の折衷《せっちゅう》ばさらに似ていた。しかも、軍服のように揃っていない。各々が、わずかずつ異なっている。市のもっとも広い通りを行進し、さきほど小五郎たちが見つけた掛け小屋のところで止まった。追いかけてきたのは、小五郎たちだけではなかったようで、そのときにはぐるりと取り囲むように人だかりが出来ていた。掛け小屋の前には腰ほどの高さの書割りが立ててあった。城壁らしく、万里の長城を思わせる。幅は五間ほどだが、折れ曲がりながら、奥の掛け小屋に向けて続いていた。

　一番手前の書割りの陰から、人形がひょいと顔を出した。布製で人が手を入れているようだ。同時に先ほどの演奏が始まった。節に合わせて人形が城壁沿いに歩き始める。節の区切りで人形の背後にさっと一本旗が立った。書割りに隠れて人がいて、操作しているようだ。次の節の区切りで、また一本旗が立った。小五郎の背後で子どもの笑う声がした。区切りのたびに三本目四本目と旗が立ち、次の区切りで人形が手前の城壁の端に辿りつくと、今度は一度に五本旗が立った。見物衆の笑いが大きくなった。

人形は折れ曲がった書割りに沿って、音曲に合わせて城壁を登っていき、節の切れめのたびに旗が立った。しかも、旗が立つ切れ目の間隔がどんどん短かくなっていき、一度に立つ旗の数も一本二本どころではなくなった。終《しま》いには、一つの拍のたびに、十本以上の旗が立ち、音曲が終わったときには、書割りの城壁は旗だらけになっていた。人形がお辞儀をすると、大笑いの取り巻きが一斉に拍手した。指笛を鳴らす者もいた。すかさず、演奏していた者のひとりが言った。異人だった。

「タンドレ・アホーン一座、根春国《ねはるこく》皇太子来日記念 program 本日初日でございます。Matinée は申《さる》の刻 open。皆様のお越しをお待ちしております」

言い終わるのを待っていたかのように、爆竹の炸裂する音がして、港の方から大砲の音がした。

14　ならば堺に任せる

小五郎たちが代官所に戻ったのは、まもなく申《さる》の刻（午後三時から五時）になろうとするころだった。小五郎は一番に厨房に声をかけた。

「すまんが、この男に何か食べるものを持ってきてもらえぬか。お役目で昼を食べそびれておる」

そう言うと、天晴と虎の平《たいら》を伴って、奥の与えられた一間に入った。

「しかし、わけが分からぬ」

座るなり、小五郎は言った。

「土御門《つちみかど》様は、まる二日、どこで何をなさっていたのやら」

天晴も不思議そうに応じた。

「そもそも、それが土御門様の意思なのか、囚われていたのか？　それが分からぬときておる。ただ、上級陰陽師を探しているという話に気をとられていたというから、何か心当たりがあったのだろうな……もっとも、心当たりがあったから、自分で何かしようとしたのか、それとも、その心当たりの筋から、逆に捕らえられたのか……」

「例の道具箱のこともございます」

「そうなんだ。しかも、もし、あれが道具ではなく、娘の骸《むくろ》を運んでいたとしたら、京の骸の盗みは堺の事件と関係があるのか、ということになる」

そこに賄《まかな》いの老人が膳を持ってやって来た。味噌を盛った湯漬けと、炙《あぶ》った竹輪に漬物の簡単なものだった。小五郎に手で示され、平の前に置いた。平は手を合わせ「いただきます」と小声で言った。

「まあ、道具箱なのだから、道具を運んだというのが、普通だが、土御門様が死んだのちも動いておるというのがな……天晴は旅先の陰陽師ならと言うておったろう？」

天晴は何も言わずうなずいた。

「あれも、引っかかることがあんのや。一人明らかに旅先の魔術師がおるわな」

「揖斐茶《いびちゃ》の主《あるじ》」

「そうや。しかも、あの男も行方をくらましておる……しかし、外津国《とつくに》の魔術師が、陰陽師の道具を使えるものなんか？」

「普通は難しいでしょう。しかし、陰陽術を外津国の魔術にトランスレイションして使うのなら、陰陽術で使う道具はあった方が良いかもしれません。ただ、惜殿《おしむ》は英仏帝国の魔術師ではありませんし、京でのお話では、生国が無くなっているということなので、もう少し詳しい事情が分からないと、はっきりしたことは申せません」

「英仏帝国ではないのか？」

「はい。波蘭《ポーランド》王国でも南欧の西班牙《エスパーニャ》帝国でもございません。英仏帝国に併合された北欧の王国か、波蘭王国に呑み込まれた東欧の国か、いずれかでございましょう。イスラムの地になっていることもありえます」

「あげくに、死人《しびと》を生き返らせる陰陽師を探していたときた」

小五郎が言うなり、平が音をたてて湯漬けの椀を置いた。

「どうした」

「いま、死人を生き返らせるとおっしゃいましたか」

「言うたが……」

「実は今朝《けさ》がた、堺に着いたときに、途中熊野街道で道連れになった修験僧と、茶店で飯を食いました。そのときに、その修験僧に話しかけた女がおりまして……」

「おう！　あの修験僧の道連れとは平のことであったか」

「もうご存じで？」

「その修験僧から話は聞いた。しかし、真《まこと》の話だったのだな、死人を生き返らせる術師を探しておったというのは」

「はい。途方もないことを言うと思っておりました」

「確かにな……だが、天晴、実際のところ、死人を生き返らせる術などというものが、あるもんなのか？」

天晴はしばし考え込んだ。

「たとえば……死人をあやつり人形のように魔術で動かすことは出来ます。それほど難しい術ではありません。ただ、術の痕跡が必ず残るので、フィッツギボン・テストをかければ、ジャーネーマン魔術師つまり中級者でも判定できます。しかし、完全に生き返らせたり、自らの意思で動くように出来るとは思えません。……ええ。そんな術は、どこを探してもないでしょう」平殿が言うように、途方もないことでございましょう」

「そう、確かに途方もない。……だからな、そんなことが出来るといっても、普通、人は信じない。なら、どうする？」

天晴と平を顔を見合わせた。

「出来るのならば、やってみせろと言うだろうさ。そして、やってみせるからには、生き返らせるための死人が要るだろう」

「あっ」と声をあげたのは、天晴も平も同時だった。

「そうだ。ただし、わざわざ京まで探しにいかずとも、堺でも死人は出るであろうにな。もっとも、京では数日で死人盗みは発覚しておる。堺でやっても似たようなものだろう。人目にたちたくなければ、京大阪から盗んでくるかもしれぬな。ただ、何度も盗む必要がどこにあるのかも分からぬ。……そして、一番肝心なことが一番分からぬ」

そう言って、小五郎は言葉を切った。天晴も平も固唾を飲んでいる。

「そうまでして、本当に生き返らせたい死人というのは、誰なんだろうな?」

三人が黙り込んで、しばし静かになったところで、障子が開いて「ただいま戻りましてございます」と声がした。男が頭を下げて座っている。伝衛門だった。

「おお。畏《かしこ》まっている必要はない。入れ」

「土御門様のことは、京の陰陽寮にテレソンを入れました。昨日殿が乗っていらした列車で、陰陽頭《おんみようのかみ》の安倍様が直々《じきじき》にこちらにいらっしゃるそうです。夜には着くでしょう。代官所の者が出迎えますが、それは佐々様にお任せしました。今夜が通夜で、明日が葬儀となるはずなのですが、実は、明日は根春《ねはる》国皇太子の来日にあたっておりまして、葬儀は日延べした方がよいのではと申す者が多く、それについては安倍様と相談の上でということになりました」

「根春といえば、呂宋《るそん》、暹羅《しやむ》、印度《いんど》と並ぶ南洋の交易相手。しかし、そういう賓客《ひんきやく》は、大阪の港から京に入るのではないのか」

「それには、わけがございまして……。まず此度《こたび》のご訪問が、お忍びであるということ。京で帝にご拝謁はなさるとのことですが、あくまでお忍び。というのも、この皇太子、近々同国の豪商の娘を娶《めと》るそうなのですが、その娘の母親というのが、日《ひ》の本《もと》の女子《おなご》が根春の豪商に嫁いだ者なのでございます。それで、娶る前に一度、その娘の母の生国を見ておきたいというのが、皇太子の御意向。で、その母親というのが、納屋衆《なやしゅう》の娘ということで、日の本に入るのも堺からにして、滞在中のお世話一切は、納屋衆で取り仕切ることにしたいと申すのです。そういう事情があってということですので、幕府も朝廷も、ならば堺に任せると」

「それが明日なのか」

「はい。先ほど、皇太子の乗った船が堺沖に着いたという知らせが、惣領《そうりよう》の角紅屋の店に入ったらしゅうございます。これからだと、陽がくれますので、予定の通り、船中で朝を待つそうでございます」

「そういえば、住吉大社奥に、看板が出ておったな」

「さきほどの爆竹や大砲も、歓迎の準備なのですか」

天晴の問いに、伝衛門が「左様《さよう》」と答えた。

「ただ、朝一番というのは、今朝の石津川でご覧になったとおり、商船《あきないぶね》で、港が混みあいます。ですから、巳《み》の刻（午前九時から十一時）あたりにならないと、上陸なされないでしょう。実際、皇太子殿下への歓迎のご挨拶を、惣領の角紅屋がやるのですが、正午の予定と聞いております。……加えて、英仏帝国から見世物一座が渡航しておりまして、便乗して朝から興行を打つようです」

「さっき市でさわりをやっておったな」

小五郎の顔は嬉し気だ。

「愉快な演目《だしもの》であった」

「なんでも、赤間門司《あかまもじ》から日の本に入って東上し、畿内では、京、大阪、堺と巡業したようです。このあと、日の本の芸人をかなりの数加えて、新大陸に向かうと申しておりました」

そのとき障子の外から、伝衛門の配下が声をかけた。

「寺島様がお話があると」

「お連れせよ」

伝衛門が短かく答えると、すぐに「寺島新十郎にございます」と声がした。伝衛門より早く小五郎が言った。

「畏まる必要はない。入られよ」

寺島は頭を下げていたが、小五郎がせっつくように言葉をかけた。

「さ、面《おもて》をあげて、話されよ。佐々様も短気と聞いておるが、拙者はそれを上回る。港で何か聞きこまれたか」

「藤田殿に頼まれて、港の聞き込みをいたしました。一昨日の朝から午《ひる》にかけて、樽、桶、大きな行李《こうり》の類《たぐい》を積み下ろした者でよろしゅうございましたな」

寺島は一言一言確かめるように言った。小五郎が、いささか焦《じ》れた口調で「そうだ」と答える。

「巳の正刻《せいこく》（午前十時）の前あたりで、たまたま通りかかった河内《かわち》屋の手代が、漁師の船から樽をおろしているのを見ておりました。それが酒樽でして、漁師がなぜ酒樽を積むのか不思議に思ったということです。樽は大八車に積み替えられて、大道筋の方へ行ったそうです」

「その大八車で運んだのは、どのような者で、いくたりいたのだ？」

小五郎が早口で問う。

「三人だったそうです。ふたりは人足ふうの汚れた形《なり》で、歳も若かったといいます。そのうちのひとり、がっちりした方が大八を引いていました。もうひとりの方は痩せて、力もなさそうで、後ろを押していたんですが、三人目の年取った隠居じいさんふうの年配の男の方が、大八を押すのに慣れていたということです」

「河内屋は、酒や醤油、油を卸しておりますから、樽や大八車を扱うことも多い。あそこの手代なら、それぐらいは一目で見抜きましょう」

伝衛門がつけ足した。

「分かったのは、それだけか」

小五郎の問いに、寺島はゆっくり首を振った。

「その手代が酒樽の銘柄を憶えておりました。白楽天《はくらくてん》という酒でございます。それで、今度は市中から市外にかけて、白楽天の樽を運ぶところを見た者を探させました。むしろ、こちらに手間取って、御報告が遅れた次第。無駄足が続きましたが、ひとり白楽天の問屋に、酒樽が一日にいくつぐらい出ているか確かめに行かせたところ、その問屋の丁稚《でっち》が同じ日の午《ひる》も近くなったころ、おじぎ山の近くで同じ風体の三人が、酒樽を大八で運んでいたのを憶えておりました。商いものなら、店の人間が運ぶのに変だなと思ったといいます。よく見ると、一度開けた後の樽だったので、空き樽を使っているだけだと分かったと。ちなみに、その酒樽は一日に二十から三十出るといいますので、後を追うのは、難しいかと」

「よく調べてくれた、寺島さん、礼を言う。ついでに、もうひとつお願いしたい。酒樽を運んだ漁師を探し出してはもらえぬか」

「すでに、取り掛かっております」

寺島はすました顔でゆっくりと言った。

15　騙《かた》り派《は》摑まされるんがオチ

その日の夕刻までは、慌ただしかった。

まず、土御門《つちみかど》先生は本当に亡くなったのかと、泣きながら弥一郎が代官所にやって来た。代官所の門口では、甚吾が天晴にもらった剣玉に熱中していた。ここで待っていれば駄賃にありつけると踏んだらしかった。しかし、弥一郎がやって来ると、そっとその場を離れた。小五郎たちは、弥一郎に事情を話し、これから先生を入れた棺桶を家に運ぶので、道案内をしてほしいと頼んだ。

「こういう時は、何かやる仕事を与えた方がええんや」

小五郎は伝衛門にそう言った。弥一郎は動顚《どうてん》していたが、それでも、師匠の家からなくなっていたものを調べてきていた。卜占《ぼくせん》や祈禱《きとう》に使う道具の多くと、その際の衣装一切を、道具箱に入れていたようだった。

土御門の亡骸《なきがら》を運ぶ一行が出ると、入れ違いに、銭形屋の番頭が訪ねてきた。主人の使いで、代官に内々で知らせたいことがあると。佐々の部屋に通されると、すぐに、藤田と寺島も呼ばれた。番頭はすぐに店に戻った。

「根春《ねはる》国の皇太子殿下が、明日を待たずに、わずかな伴を連れて上陸したそうです」

伝衛門は、戻るなり小五郎にも知らせた。

「とにかく、早く堺の土を踏みたかったらしゅうございます。とりあえず角紅屋の店に通して、明晩一泊する予定だった銭形屋の主の家で二泊するよう、段どりを変えたといいます。寺島様は堺市中での要人警護も仕事ですから、急なことに迷惑顔でしたな。酒樽を運んだ漁師を探すのは、拙者の方でやるからと申しました」

「銭形屋が皇太子をもてなすのか」

「根春という国を堺で一番知っているのは、南洋交易で財を成した銭形屋でしょう」

「そう言えば……」

小五郎が思い出したように言う。

「喜兵衛という銭形屋の番頭だった男が、大旦那の命で、馬をもとめに来て、土御門様を見つけた言うてたな。身分の高い客を乗せる馬がいると」

「明後日の段取りとして、市中から住吉大社奥までは騎乗によるとありました。京までは一輛専用車をつける手はずです」

次に京の法水卿《のりみず》からテレソン書状が入った。無くなっていたふたつの亡骸が、桂川《かつらがわ》に浮かんでいるのが見つかったという内容だった。下手人《げしゅにん》はもちろん、手がかりも見つからないままということだった。法水卿の苦渋が伝わる文面だった。

そうこうしているうちに、藤田の配下が、角紅屋が抱える上級陰陽師を連れて戻ってきた。藍《あい》の着流しに薄紅色のきれいな帯が目立つ。六尺（約一八〇センチ）にいくぶん足りないもののすらりとして、まずは二枚目の部類だろう。

「安倍安保呂《あべのあぼろ》と申します」

そう名乗った。小五郎と同年輩のようだった。ちらりと天晴の方を見た。

「角紅屋さんのところの上級相当陰陽師でよろしかったですな」

「はい。今年の春に、寮から『上級に叶う』のお墨付きを頂戴しました。苦節二十年ですわ。仲間内で上級相当と見られるのとは、また違う感慨がございます」

「それは、それは。おめでとうございます」

小五郎は朗《ほが》らかに笑ってみせた。

「銭形屋さんのところも、上級に上がるには、ご苦労なさったようですな」

「それでも、代官付きの土御門先生や、佐々様のところの兆汪《ちようおう》様に比べれば、私どもは、ひよっ子ですわ。ただ、面目《めんもく》はたちまして、ほっとしております。十《とお》かそこらのころから、私だけやなしに、親兄弟までが角紅屋さんにおんぶにだっこです。これで上がれなんだら、それこそ首括《くく》らななりません」

「ほかの納屋衆《なやしゆう》が抱える中級者にも、修行中の方がおられるのでしょう？」

「はい。次に上がりそうなんは、和泉《いずみ》屋さんとこの茂でしょう。……ただ、辞めていく者《もん》もようけおります。ほんまのこと言うと、中級相当でも、実際はかなり働けます。もちろん、出来んことも多《おお》ございますが、修行中でも、遊んでるわけやなしに、出来ることはやって、働いておるわけですから。……せやけど、そう思えるんは、上級に上がれたからで、真面目な者、なまじ頭が良うて回りの見える者ほど、見通しが暗なったら、自ら堕ちていきよります……」

最後は苦い顔つきになった。

「土御門様とはお親しかったのですか？」

安保呂はうなずいた。

「話すことは少ないですが、なにくれとなく気ィは遣《つこ》てもろてます。実をいうと、土御門様が堺に来られる前あたりが、一番きついころで、上級に上がれんのやないかと、心配でしゃあなかったんです。それが、要所要所でお言葉をいただいて、それに励まされましてん。術師としての腕は、それはもう抜群ですから、見てるだけで勉強になります。ふり返ってみると、私に足らんとこの手本を示そうと、わざとやって見せてたんちゃうかと思うところもあります。他人《ひと》のことに親身になる方ですわ」

「その土御門様の姿が見えぬということは……」

「伺《うか》ごうてます。私自身、ここのところ仕事もなくて、のらくらしてたんですが、経緯《いきさつ》聞いて、そういえば会《お》うてないなあと」

「実は、おじぎ山で、土御門様の道具箱が見つかりました」

「おじぎ山で？……では、近くにおるいうことですかな。術はかかっとったん……」

そこで、はっと気がついたようだった。

「接近原理がかかっとったら、見つけるんやなしに、その人は自分でも知らんまに、先生のとこに近づくように運んどるはずや。ということは、術はかかってへんかったか、解けてたか……」

安保呂の顔色が変わった。

「もしや、土御門先生の身になにか……」

「はい。亡くなられて、骸《むくろ》がおじぎ山で見つかりました」

「……」

安保呂は言葉が出ない。無念そうに口をぎゅっと結んでいる。小五郎も黙って上級相当の陰陽師を見つめている。

「あないな人は、二度と出えしまへん。二度と……」

ようやく、絞りだすようにそう言った。

「ご心痛は、お察しいたす。しかし、土御門様が亡くなった経緯は、明らかにせねばなりません。そのために、お訊ねしたいことがある」

小五郎が穏やかな口調で言うと、安保呂は何度も首を縦に振った。

「分かってま。分かってま。……何なりと……」

小五郎は陰陽師が落ち着くまで、少し間をおいてから訊ねた。

「ここ数日、腕のたつ上級相当を探している者があるらしいのですが、それについて、ご存じのことは？」

「いや、知りまへん。しかし、堺で上級言うたら、街場の上級相当を入れても、四人しかいてまへん。まあ、堺は旅の者《もん》が多ございますから、中には陰陽師がいてるかもしれませんが……そんなん、闇雲に探しても、騙り派《かたりは》掴まされるんがオチと違いますか？」

「騙り派を？」

「はい。いてますねん。あつかましいんが。ろくに修行してないどころか、タレントもないドしろうとでも、それらしい身なりと態度で、一宿一飯たかったあげく金子《きんす》まで懐《ふところ》にしてまいよるんです。実は、土御門先生と知り合うたんも、それなんです。私が伸び悩んどったころ、角紅屋に騙り派の修験僧がやって来まして、礼金次第で、一晩、行を共にしてやる言うんです。危なく乗るところ、それを小耳にはさんだ先生が、見破ったばかりか、尻蹴りださんばかりの勢いで、その騙り派を追い出したんですわ」

「ふむ」

小五郎は軽く息を吐くと、うつむいて考え込んだ。やがて顔をあげると、天晴に向かって言った。

「そういう騙り派は、珍しくないんだな」

「さて」

天晴は少し考え込んだ。

「京では、あまり聞く話ではありません。ただ、陰陽寮のお膝元ですから、陰陽師について知られてもいれば、陰陽師の数も多い。そういうところで騙り派というのは……」

「その通りです。……そちらさん、上級陰陽師の方でいらっしゃいますのやろ？……さっきから、そうやないかと思てました。……ただ、これが大阪や堺あたりになると、ちゃいまんねん。騙り派いうんは、人と金のあるとこに群れるんです」

「なるほど……では、もし、安保呂殿が上級相当でないとして、上級の手が必要となったら、どうしますかな？」

「土御門先生に相談します」

「それが、死人《しびと》を生き返らせるためといった場合でも？」

「死人を！」

安保呂が絶句した。しばらく間をおいて、ようやく言葉が続く。

「生き返らせる？」

「左様《さよう》。そのような場合でも、土御門様に相談なさるかな？」

「いや……うーん……そもそも、そないなこと出来るもんなんかいな……聞いたこともない……」

「重ねて伺いたい。そのようなことでも、土御門様に相談なさいますかな？」

16

小《こ》商人《あきんど》が見栄張っとんのかな

その知らせが舞い込んだのは、旅籠《はたご》に宿を取るという伝衛門と、代官所のこの部屋があれば、それで良いという小五郎が、小五郎の嫌いな押し問答をしているときだった。

「大八車の主《ぬし》が見つかりました」

伝衛門の手の者が、そう叫びながら、代官所に飛び込んできた。小五郎と伝衛門が競って門口に向かう。それまでの言い争いを微笑まじりでながめていた天晴と虎の平《たいら》が、後に続いた。飛び込んできた男に首根っ子を押さえられるようにして、男が平伏させられている。

「顔ぐらい上げさせろや。話にもならん」

小五郎がそう言うと、ようやく男がふたりとも顔をあげた。

「拙者、京から遣わされた権刑部卿《ごんのぎょうぶきょう》の明智という者だ。酒樽を運んだというのは、お前か？」

「はい。左様《さよう》にございます」

「よし。事の始まりから話してくれるか」

「えー……はい。……一昨日《おととい》の晩、かなり遅うなってからでしたが、家を訪ねる者《もん》がおりまして、河内屋《かわち》の手代言《ゆ》うてましたが、翌日の朝、大八車で荷を運びたいので来てほしいいうことでした」

「大八車はお前のものなんだな」

横合いから、この男を連れてきた男が口をはさんだ。

「この者は、便利屋藤吉《とうきち》と申しまして、細かい仕事を何でも熟《こな》すことで、口銭を取っております」

「そうか。分かった。続けてくれ」

「あくる日の朝、港の石津川の川口あたりに来てくれ言われました。なんか、変やな思たんですが……まあまあ、仕事やし……」

「変とは？」

「石津川の川口あたりいうんは、川舟に積み替えるか、すぐ近くの蔵に入れるかのどっちかでんねん。一番混みあうとこでもあって、そんなとこから、うちの大八に積むなんて、滅多にないんです。それに、河内屋さんの手代や言わはってましたが、身なりも押し出しも良うて、年恰好は年季の入《い》った番頭はんみたいでしてん。ただ、納屋衆《なやしゅう》の番頭はんなら、たいがい知ってますから、それとも違うし……蔵も持ってへん小商人《こあきんど》が見栄張っとんのかなと」

「ほう……なかなか、良く見とるもんやな」

小五郎が感心する。

「はあ。……それで朝んなって行ってみたら、その手代さんと、もうひとり人足ふうの男がおりまして、川を渡って港の南の方へ行く言うんです。川の南言うたら、漁師の船ばっかりですわ。てっきり干物にでもする魚運ぶんかと思て、大八が魚臭うなるんは堪忍やでと、内心愚痴っておりました」

小五郎は声を出して笑った。

「なるほど。それは難儀やな」

「それが、行ってみたら酒樽でっしゃろ。中身は分かりませんが、魚の臭いはせえへんし……ところが、これが重いんだす」

「重い？」

「はい。ふたりではよう持ち上がらんのです。三人がかりでようよう持ち上がる。船から下ろすときは漁師も入れて四人がかりですわ」

「船は岸に着いとったんか？」

「いや、外船から艀《はしけ》で岸まで運んでましてん。それを四人で」

「外船やったのは確かか」

「はい。漁師の船にしては大きな方で、紀州沖で魚猟《と》ってるような船でした」

「で、それから、どうした」

「わてが引いて、後ろから、ふたりに押してもらいました。で、行先がおじぎ山言《ゆ》いまんねん。大八で行くと、えろうおまっせ。これで、河内屋の手代やないなと思いました」

「それは、なんでや」

「おじぎ山言うたら、土居川から石津川に入る、土居川引き手の近くでおます。川舟で近くまで運んで、そこから大八に乗せたらあっという間ですわ。河内屋さんなら、舟が石津川上《のぼ》らん日ぃはないでしょう。樽のひとつくらい、舟に積めまんがな。わざわざ、大八で長い道のり運ぶもんちゃいます」

「そうか。川舟が使えぬ小商人だから、大八で運んだと……」

「左様でございます。……ま、こっちは仕事やさかい、言われるまんまにやりましたが、えろうおました。駄賃はずんでもろたから、あんまり悪う言う気はないんですが……」

「人足ふうの男は、大八車を引くのが下手やったいうんは、本当か」

「そうでんなあ。手代いう方が押し慣れてたとは思います」

「おじぎ山まで運んで、そのあとは、どうした」

「堀の端まで行って、そこで下ろして、終《しま》いです。帰ってええいうんで、銭もろうて帰りました」

「しかし、おじぎ山の堀端というと、馬を放し飼いにしてるような野っぱらやないか」

小五郎は、土御門《つちみかど》の死体を見つけた場所を思い出しながら言った。

「そうです」

「その先どっかに運ぶのなら、大八車を帰すんは奇妙やな」

「そう言われれば、そうでんなあ」

「それに、ふたりでは持ち上がらんのやったな……そのとき、そこに誰か人はいなかったのか」

「さあて……誰もいてなかったように思いますが、気ィつけてたわけやあれへんので……」

「港からおじぎ山まで、どのくらいかかった？」

「半刻《はんとき》ではききませんなあ。港に着いたんが辰《たつ》の刻（午前七時から九時）前でしてん。積むのんもえらいかかったし……おじぎ山着いたときは、巳《み》の刻（午前九時から十一時）にはなってましたな。……そや。帰る途中で午《ひる》の鐘がなりました」

小五郎は少しうつむいて考え込んだ。だが、やがて顔をあげた。

「藤吉とやら、よう話してくれた。たいへん助かった。礼を言う」

小五郎は藤吉を帰すと、伝衛門に向かって言った。

「おじぎ山へ行く」

「これからですか」

「酒樽が重いということは、中身があったということや。野っぱらに置いとくはずがないし、大八を帰したいうことは、そのあと、それほど遠くまでは動かさんかったいうことや。中身は分からんが、石津川に浮いた娘の骸《むくろ》いうんが、一番ありそうな話で、そうなら、その後、仏さんをまる一日隠しとく場所が近くにあるいうこっちゃ。ならば、おじぎ山の中が怪しいとは思わんか」

「しかし……じきに陽が暮れますが」

「構わん。それに、隠し場所が隠れ家であるやもしれん。それなら、下手人《げしゅにん》の不意をつけるかもしれんぞ」

小五郎の口許には不敵な笑みが浮かんでいた。

呼んだ川舟の船頭は、三度《みたび》、坂東《ばんどう》から流れてきた男だった。

「すまんが、今回はお忍びや。唄はなしにしてくれ」

乗るなり小五郎が言った。舟が環濠《かんごう》に入ると、すぐに陽が暮れた。舳先《へさき》に提灯がひとつ灯っている。さすがに、他の舟とは出会わない。天晴と虎の平は、黙ったまま表情も変えない。伝衛門だけが、そわそわしている。石津川に出ることなく、船頭は舟を小川の岸に寄せた。

「ここ上がると、目の前がおじぎ山だべ」

小五郎は礼を言い、さらに、一同の帰りを待つよう頼んだ。

「遅くなるかもしれぬから、寝ておっても構わぬ。朝になっても誰ひとり戻らぬときだけ、急ぎ代官所に行って、寺島というお侍に事の次第を伝えてもらいたい」

船頭の言う通り、川岸の土手を上ると、目の前は原っぱで、おじぎ山が見えた。伝衛門が持参した提灯を伸ばして火をつけた。周囲に人家はなく、真っ暗闇だ。堀端まで歩き、さらに堀沿いに少し歩くと、昼間渡ったあたりで小舟が見つかった。小舟は三人でいっぱいなので、伝衛門は着物の裾をからげる。昼間と同じ三人が舟に乗り組み、棹《さお》を手にしたのが小五郎なのも、昼と同じだ。天晴の捧げ持つ提灯を頼りに、対岸のおじぎ山を目指す。甚吾ほど慣れてはいない伝衛門は、おそるおそる川を渡る。ときおり、水底の足場を探りながら、滑らないようにと慎重だ。

おじぎ山の斜面を登り、幅三尺の道に出た。伝衛門の提灯を先頭に進む。じきに道具箱が消えた地蔵のところに出た。

「さて、ここからどうしたものか……」

小五郎がつぶやいた。

「上を目指すか、このまま道を行くか……」

天晴が言った。堀から登った斜面と同様の傾斜が、道の内側で壁となっている。

「道を行ってみよう。道具箱や樽を抱えて、そうそう急坂は登れまい」

しばらく歩くと、一行の前方が開けた。斜面が崩落したところがあり、三尺道を塞ぐかのように、お辞儀の木が何本も倒れている。そのかわり、崩落で斜面がえぐられて、道の内側が開けている。そして、その開けた部分の上層に、お堂のような小屋が建っていた。小五郎が最初に見つけ、無言で指さす。全員が黙って、それを見上げた。小屋からは蠟燭らしい光が漏れていた。小五郎は無言の手真似で全員に指示した。小五郎と平が、えぐられた斜面を登り、小屋に近づく。天晴は後詰。この位置で、突発事に備える。伝衛門は小屋の横手に回り、そちらから近づく。伝衛門が回り込み、登り始めたのを確かめてから、小五郎と平は斜面を登り始めた。

小五郎たちのところは道がつけてあって、歩くのも難しくはないが、伝衛門は道らしきもののない、壁に近い斜面なので、じりじりとしか登れない。小五郎たちは伝衛門の様子をうかがいながら、少しずつ進んだ。伝衛門が苦労して登りきり、手を振って合図した。小五郎と平は顔を見合わせると、小屋の引き戸の両側に立った。左に平、右に小五郎。ともに刀の柄に手をかけている。小五郎が扉を軽く引く。中から閂がかかっていた。

「お役目にて検《あらた》める。開けよ！」

小五郎が叫んだ。すぐには応えがない。沈黙の時は長い。小五郎が拳を作って扉を敲こうとした刹那、閂を抜く音がした。小五郎が再び刀に手をかける。ゆっくりと引き戸が開いた。

「何事でございましょう」

奥から穏やかな男の声がした。ほの暗い蠟燭の光の陰になって、男の顔は分からないが、六尺を軽く超える、熊のような身体つきは、間違いようがなかった。小五郎が驚きの声をあげた。

「揖斐茶《いびちや》のご主人ではないか」

17　鉄砲の弾を届かなくします

そこは広さ四畳半の数寄屋《すきや》だった。しかし、中央奥の小さな囲炉裏《いろり》には、鍋がかかっていた。部屋の奥に小五郎たち三人を通し、揖斐茶《いびちゃ》の主《あるじ》は平伏した。天晴は揖斐茶の主から、麝香《じゃこう》と丁字《ちょうじ》が混ざったような香りを、かすかに感じていた。嗅いだことのない香りだった。平《たいら》だけが入り口脇に控えて、その姿を背後から見ていた。

「お顔をおあげください」

小五郎が言った。

「まずはご無事でなにより。代官所をお訪ねでなかったので、心配しておりました」

「申し訳ございません」

揖斐茶の主は面《おもて》を伏せたまま言った。あとを続ける気配がない。

「堺に来られてから、ずっと、ここに居らしたのか」

「いえ」

「では、住吉大社奥に着いたところから、順にお話しいただきたい」

「……」

「惜殿《おしむ》。これは越前守《えちぜんのかみ》でも、復興奉行でもなく、権刑部卿《ごんのぎょうぶきょう》のお役目として訊ねておる。人ひとりが死んだ経緯《いきさつ》を明らかにするために訊ねておるのだ」

揖斐茶の主は大きくひとつ息をついたが、それでも沈黙を守った。

「拙者がこれほど言っても、話してもらえぬか」

「明智様。一日だけ待ってもらえませぬか。明日の夜になったら、すべてお話しいたします」

明智は天を仰いで「うーん」と唸った。囲炉裏にかかった鍋の中が沸騰し、粥《かゆ》があふれた。伝衛門がふたを開ける。数寄屋とはいうものの、茶を点《た》てる道具は見当たらない。それどころか、囲炉裏の鍋のほかは、部屋の隅に押しやられた夜具を除いて、物が一切なかった。

「弱ったな」

小五郎が呟いた瞬間、虎の平が、低いが鋭い声で言った。

「矢の音がする」

一同が目を丸くする中、平は右手に刀を摑むと、引き戸を開け放ち、外へ出た。伝衛門が登った斜面は、そのまま下ると堀に続いていた。その途中に、お辞儀の木が絡まりあうようにして、堀めがけて倒れ込んでいる。その前の堀は、対岸までの距離が、小五郎たちが渡ったところの半分ほどしかなかった。ひゅっと風を切る音が、今度は誰の耳にも聞こえた。続いて、濡れ雑巾《ぞうきん》を叩きつけたような音がした。伝衛門が提灯を灯した。風が出て、お辞儀の木が僅かにそよいでいる。平が鼻をうごめかせた。

「まずい。火矢が来る」

「どうした」

伝衛門が問う。

「油を射かけて来ました。もう何本か来たあと、でなければ次にも、火矢が来ましょう。……提灯は消しておくのが無難」

そう言っているうちに、闇の中を飛来した数本の矢が、お辞儀の木の中に落ちた。伝衛門が提灯の火を消す。

「このあたりの木は乾いておる。燃えると、あっという間だな」

小五郎が言った。

かなり眼をこらして、ようやく、水面と対岸との境が分かった。天晴が矢を射ている者を見つけたと思ったところで、突然炎が燃えた。対岸で松明《たいまつ》に火をつけたのだ。

「いよいよ、来ます」

平の声は依然低い。天晴が袖なし外套《クローケ》とケープを脱ぎ、印を結ぶと呪文を呟き始めた。松明の灯りで、矢に炎を移しているのが見えた。松明を持つ男と弓矢を手にした者のほかにも人影が見える。

「尾行《つけ》られていたのか、見張られていたのか」

小五郎がつぶやく。

火矢が番《つが》えられ、放たれた。先端が燃える矢が飛んで来る。しかし、こちら岸の直前で折れ曲がるように逸れた。平と伝衛門が「おおっ」と同時に叫ぶ。

「とりあえず、大斜定石《たいしやじようせき》をかけました」

「蒲生邸で曲者《くせもの》が用いた術か」

天晴の言葉に小五郎が訊ねる。天晴はうなずいた。

「向こうに陰陽師がいれば、すかし技を使ってくるかもしれません。そのときは、シシリアン・ディフェンスで応じます」

そう言うと、英仏語の呪文を唱え始めた。揖斐茶の主が驚いている。

「英仏魔術も使うのですか」

「この男、帰国子女でな。ソルボンヌでマスター魔術師の資格も取っているらしい」

小五郎が笑みを浮かべている。

相手は何本か火矢を射かけてきたが、ことごとくお辞儀の木に達する前に、斜めに逸れて堀に落ちた。

「どうやら、大斜定石で事足りるようですな」

「あのときの間者《かんじや》のように、シシリアン何某《なにがし》と混ぜては使えぬのか」

意地悪く、小五郎が訊ねた。

「さすがに、それは……」

天晴が苦笑する。

「私は支倉流《はせくらりゅう》ではないので」

「見事なものですな」

伝衛門が満面の笑みを浮かべている。

「伝衛門様、安心するのは早うございます」

虎の平が言った。目は対岸を注視し続けている。

「次が来ます」

対岸では、小舟に藁束《わらたば》のようなものを積み込んでいる。小五郎たちが乗ってきた舟を、引き上げたようだった。

「今度は、あれに火をつけて、舟ごとこちらに向かうつもりか」

伝衛門が言った。

「人が漕ぐか押すかすると、さすがに大斜定石は効きませぬ。術で火そのものを消し止めるには、遠すぎます」

天晴の言葉に、揖斐茶の主がつけ加える。

「それに、いま、この状態で一たび火がついてしまうと、火の扱いが得意な魔術師でも、手に負えぬでしょう」

「下まで降りれば、あの舟一艘《いっそう》分の火なら、術で消せましょう」

天晴が斜面に向かう。しかし、虎の平が止めた。

「いや、向こうには鉄砲があるようだ」

平の言葉に、皆が対岸に目をやった。松明を持つ男の隣りで、ひとりが長筒に弾を込めていた。

「暗い中、狙えますかな」

伝衛門が言ったが、小五郎が答えた。

「暗いところを狙う必要はない。火がついて明るくなった舟に近づく者を撃つだけのことだ」

「鉄砲はなんとかしましょう」

天晴が言った。

「大斜定石か」

小五郎の言葉に、しかし、天晴は首を横に振った。

「水面は低うございますので、大斜定石では、逸れた弾が、炎を通って熱せられたり、火の粉を伴って、お辞儀の木に向かうおそれがございます。それでは火付けのお手伝い。また、シシリアン・ディフェンスは術そのものが熱を用いますので、これも危のうございます」

「では、どうする？」

「鉄砲の弾を届かなくします」

「鉄砲の弾を届かなく……？」

小五郎にはわけが分からない。他の者も不思議そうだ。

「長筒は射程距離がありますが、距離が延びれば延びるほど、弾丸はまっすぐ飛ばなくなるという性質がございます。それを防ぐために、あらかじめ、長筒の弾丸には、ひとつひとつに、まっすぐ飛ぶよう命じる、立直《リーチ》一発という呪文がかけてございます。もとは唐国の術ですが、いまや、あらゆる言語の呪文にトランスレイションされ、どのような言葉の術でも、あたりまえになっております。この呪文を無効にする術――俗に一発消しと呼んでおりますが――それをかければ、遠くにいくほど、弾は自然と真っすぐ飛ばずに落ちていきます。堀を越えた的には、まず当てることが出来ますまい」

「そんなことが出来るのか」

さすがの小五郎も驚く。

「ただし、これにもすかし技があるのですが、幸い、向こうには陰陽師がおりません」

「では、天晴がそれで援護している間に、火のついた舟を何とかすればよいのだな」

「拙者がやりましょう。火を消すか、それが出来なくても、沈めてしまえば、それまでだ」

伝衛門が言った。揖斐茶の主が数寄屋の裏から、手桶をひとつ下げてきて、伝衛門に渡した。それを持って、お辞儀の木を分けながら斜面を降りていく。対岸から、小舟がゆっくりとこちらに向かって来る。火種があるらしく、わずかな光から煙が昇っている。人は乗っていない。後ろから押して、堀を歩くか泳ぐかしているようだった。

「伝衛門様を守る者が要りましょうか」

平が言った。

「いや、こちらに着く前に、火をつけて戻る算段だろう。でないと、あの者どもまで火に巻き込まれてしまう。それに、奴らがまごまごしていたら、邪魔になって、伝衛門を鉄砲で撃てなくなる」

小五郎はじっと小舟を見守っている。伝衛門が堀にたどり着き、裾をからげて水面に降り立ったのと、ほぼ同時に、小舟の藁束が燃え上がり、それまで舟を押していたふたりの男が、抜き手をきって対岸に戻り始めた。天晴が呪文を唱える。お辞儀の木が邪魔をして、伝衛門の姿は見えたり隠れたりだが、まずは手桶で水を汲んで、舟にかけ始めた。しかし、すぐに消すのはあきらめて、あらかじめ見つくろってあったのか、手ごろな倒木を使って、火のついた藁を払い始めた。そのとき、一発銃声がした。伝衛門には当たらなかったが、天晴は声をあげていた。

「なぜだ！」

天晴のただならぬ声に、小五郎が反応した。

「どうした」

「弾が飛んでいる」

「なに？　どういうことだ」

「術が無効になっているはずなのに、弾が真っすぐ飛んでいます」

天晴の言葉が終わらぬうちに、もう一度銃声がした。伝衛門が倒木を取り落とす。片膝をつき、そのまま水面に倒れ込みそうになる。かろうじて両膝をついたところで耐えた。

虎の平がものも言わずに、斜面を駆け下りる。小五郎が続いた。ふたりとも、気は急《せ》いているが、木が邪魔で思うようには進めない。天晴は呆然として対岸を見つめている。

「なぜだ？……術師がいたのか？」

小舟が岸にぶつかり、油を含んだお辞儀の木に炎が燃え移った。幸いなことに、その炎が、平と小五郎を鉄砲の弾から守った。ふたりは伝衛門を抱きかかえると、斜面を登っていく。小五郎と平を追うかのように、火がお辞儀の木伝いに這い登ってくる。小五郎が言ったとおり、乾いた木は燃えるのが早かった。かろうじて、伝衛門を抱えたふたりは、火に追いつかれずに戻ってきたが、お辞儀の木に燃え移った火は勢いを増していた。

伝衛門を連れて数寄屋に入る。天晴は伝衛門に何度も詫びている。伝衛門は分かったというようにうなずいたが、詫びの言葉を聞くことさえ苦しそうだった。天晴と揖斐茶の主が、伝衛門の片肌を脱がせて傷を診た。左肩から少し胸に入ったところに弾傷があった。血の流れが多い。

「弾が出た傷がない。邪気にあてぬよう、傷をふさぎましょう」

天晴の言葉に、惜が「その前に、弾を取り出した方がいい」と言った。

「鉛《なまり》の毒が回るのは良くない」

天晴もうなずく。揖斐茶の主は十字を切って、天晴さえ聞いたことのない言葉で、呪文を唱えた。次の瞬間には、傷から弾が飛び出していた。伝衛門が「ぐがっ」と息をつまらせたかのような悲鳴をあげた。顔が歪んでいる。すぐに天晴が傷に和紙をあて手をかざして呪文をかける。和紙が強く押しつけられたかのように、傷口に張りついた。ふたりで、伝衛門をその場に横たえた。伝衛門は大きく息をしている。その様子を側《かたわ》らで見ていた小五郎は、懐《ふところ》から取り出したさらしを、和紙で押さえた伝衛門の傷に巻きながら、数寄屋の外にいる平に向かって叫んだ。

「火はどんな塩梅《あんばい》だ」

「あっという間に強くなりました。ここはすぐに離れましょう」

平が顔だけのぞき込んで叫ぶ。

天晴は惜の取り出した弾を手にして見つめていた。

「見たことのない形の弾だ」

　さらしをきつく縛ると、小五郎は数寄屋の外に出た。平の言うように、火勢は驚くほど速く、お辞儀の木を呑み込もうとしていた。平を伴って数寄屋に戻る。

「さて、どうしたもんかの」

「このおじぎ山は、大きな山です。すべて燃えるには時がかかる。私と天晴殿がいれば、火をいくぶんかは弱められもしましょう。多分、逃げられると思いますし、悪くても、火が収まるまで凌ぐことが出来ましょう」

「これだけ燃えれば、堺の市中も気づくはず。火術得手の陰陽師が、火消しにやって来るはず」

　ふたりの見通しは明るいようだった。

「ただ、藤田様が問題です」

　揖斐茶の主が言った。

「下手に動かすと、傷にさわります。動かして血が流れるのは、一番避けたい。かといって、ここは火に近すぎます。このあたりが燃えてしまうのを防ぐことは無理でしょう」

「拙者が背負う」

　平が言った。しかし、天晴は即座に首を振った。

「それでは共倒れになる」

「確かにな。すでにここで火の熱さが感じられる。……何か策はあるか」

小五郎は天晴に訊ねたつもりだったが、答えたのは揖斐茶の主だった。

「私にひとつございます」

18　揖斐茶穴熊《いびちやあなぐま》

「私の生国に代々伝わった秘術がございます」

揖斐茶《いびちや》の主《あるじ》が話し始めた。

「それは、人を仮死の姿にして、そのままの状態で保つ術です。土の中にその姿で埋めれば、最高でまる二日死んだと同じ姿となり、しかるのちに生き返ります」

「生き返るだと！」

小五郎が叫んだ。

「正しくは生き返るわけではございません。死んだと見まがうばかりの状態で、土に埋めようと、水に沈めようと、その間は生の状態ではありませんが、死んだわけでもない。生と死の中間にいるのです。藤田様にこの術をかけて、土に埋めます。これなら、火の手が来ても焼けませんから、のちに生き返らせることが出来ます」

「そんなことが、本当に出来るのか」

小五郎は天晴に問いかけた。天晴はそれには答えず、揖斐茶の主に向かって言った。

「惜殿《おしむ》の生国というのを教えていただきたい」

「私の生国はパンノニアと申します。波蘭《ポーランド》王国とサラセン帝国の狭間にありました小国です。スキタイ、パンノニア、トランスバルカニアの三国で、三重帝国を作ったこともありましたが、とどのつまりは波蘭王国に併呑《へいどん》されてしまいました」

「使う言葉は？」

「パンノニアの言葉です。いまでは使う人もいません。しかし、呪文を忘れるマスター魔術師はいません」

　天晴は、それはそうだと言うように笑った。

「その術が昔から伝えられているのですね」

「記録では、いまから四百年と少し前に、ヴェローナで神父となっていたフリビチャ・ロレンスというパンノニアの魔術師が、かの地の有力者の娘を、その娘の望まぬ結婚から逃れさせるために、この仮死の術を使い、穴熊《あなぐま》の巣に納め、娘は墓地で生き返ったとあります。フリビチャ穴熊に納めた娘の骸《むくろ》が甦《よみがえ》ったと。この穴熊の巣というのは、多分に比喩的な意味で、生死の狭間の世界を指すというのが伝承です」

「その術を使おうというのか」

「藤田殿を仮死の状態にして、揖斐茶穴熊に納め、火の手が止むのを待つのです。死んだと同じですから、その間は、血も流れません。火が収まってからゆっくり傷も治せます」

「惜殿は、その術を使ったことがおありなのか」

天晴はあくまでも慎重に訊ねた。

「はい。……一度だけ」

小五郎は、返事をする揖斐茶の主の顔を、じっと見つめていた。見つめられて、主は戸惑ったような表情になった。だが、すぐに小五郎は言った。

「ほかに手段がなければ、そうせねば伝衛門は助かるまいな」

そして、横たわっている伝衛門を見やった。

「藤田伝衛門行正《ゆきまさ》。覚悟はよいか」

「とっくに。揖斐茶の御主人なら、心配はござらん」

苦しそうな面持ちながら、伝衛門は笑ってみせた。その間にも、数寄屋《すきや》の中は、外の熱で暑くなっている。平《たいら》の額には汗が浮かんでいた。

揖斐茶の主は、まず、小五郎と虎の平に、数寄屋の前の地面を掘るように言った。

「そこに藤田様を埋めますから、身体がすっぽり入る大きさにお願いします」

ふたりが表に出ると、施術を始めた。懐《ふところ》から布袋を取り出し、中の白い粉を用いて、伝衛門の周囲の床に文様を描く。続いて、伝衛門の目を閉じさせて、別の袋から粉薬を出した。先ほど感じた香りが、強く天晴の鼻をつく。惜はそれを伝衛門に嘗《な》めさせた。ゆっくりと呪文をつぶやく。伝衛門の息が穏やかになっていき、やがて眠ったかのように見えた。揖斐茶の主が立ち上がった。無言で見入っていた天晴に「急ぎましょう。藤田様を穴に埋めるのです」と言った。

小五郎たちは、もっとも地面が柔らかそうな、数寄屋の斜面の根本あたりに穴を掘っていた。火の手はすぐ近くのお辞儀の木まで上がってきている。横たえるだけの広さはなく、横向きに膝を抱えさせる恰好になったが、それ以上掘ることは、火勢が許しそうになかった。皆で眠っているようにしか見えない伝衛門を横たえて、土をかけていった。穴が浅いため、埋めた土は地面から盛り上がり、小さな土饅頭のようになった。

（おじぎ山の上に、もうひとつ、小さなおじぎ山が出来たようなものだな）

小五郎の感慨をよそに、惜はさらにその上に板切れを敷き詰め、数寄屋の裏の甕《かめ》に貯めていた水をすべて撒いた。

「さて、今度は私たちが生き延びねばなりません」

やるべきことが終わると、揖斐茶の主が言った。小五郎たちは、三尺道を後戻りした。お辞儀の木を舐めるように這い上がったころに比べると、炎の勢いが少し弱まったようだった。初めに火のついたあたりには、夜空であるにもかかわらず、油の燃える黒い煙が立ち昇っているのが見える。風が強くなり始めていた。

小五郎たちが舟でおじぎ山に入ったあたりに着いたが、下の堀には乗って来た舟は見当たらない。

「やはり、藁束《わらたば》を載せていたのは、拙者たちの乗った舟だったようだな」

小五郎が言った。

「いまなら、ここから下へ行けます。歩くか泳ぐかして……」

揖斐茶の主が言いかけたが、平がすぐにさえぎった。

「ここに舟を着けたことは、向こうも承知。しかも相手には鉄砲がある。待ち構えられたら、狙い撃ちでござる。……拙者が見て来ましょう」

そう言うと、お辞儀の木をくぐって堀端に下りた。斜め上を見上げると、火勢は忍び寄ってきている。

「ぐずぐずは出来んか」

虎の平はつぶやくと、目を凝《こ》らして対岸を見つめた。身を隠すものはない野っぱらだが、地に伏せてしまえば、夜目には見えない。しかし、火付けの援護に鉄砲を撃つ者までいたのだから、敵は少なくとも三人以上だ。ひとりくらいはと思いながら、じっと見つめる。一瞬、月明かりに光るものが見えた。そこに目をつけ、動かさない。すると、人の影が伏せているのが分かった。平は気配を悟られないようにゆっくり斜面を登っていった。

小五郎たちのところに平が戻ると、お辞儀の木を燃やしながら進む火の手が、見えるところまで迫っていた。

「敵が伏せておりました」

「なら、ここは止めよう。気づかれてはいないな?」

小五郎は即決した。平がうなずく。

「よし。いま、ここをやりすごせば、相手を釘付けに出来る」

四人は再び歩き始めた。突然、半鐘の打ち鳴らされる音がした。遠くではあったが、乾いた空にはっきり聞こえた。

「火事がみつかりましたな」

天晴が独り言のように言った。すぐに、寺の鐘が呼応するように鳴り始めた。そして、寺の鐘が次から次へと打ち鳴らされた。半鐘の連打に対して、寺の鐘は一打か二打のくり返しだったが、なにせ数が多い。おまけに、近くは手の届きそうな場所の寺らしく、音が明瞭で重い。

「大騒ぎだな」

つぶやきながら小五郎は微笑《ほほえ》んでいる。

「堺の町は……」

揖斐茶の主人が言った。

「主無《あるじなし》だけに、何か事が起きますと、総出でこれにあたります。京、大阪、安土とは、そこが違いましょう」

背後の火は、小五郎たちに迫ると同時に、三尺道から、さらに斜面の上に向かっても、お辞儀の木伝いに伸びていた。むしろ、這い登る方が、火のまわりが早い。

（確かに、伝衛門を連れては逃げられなかったろうな）

小五郎はそう考えた。それでも、土中に埋めた伝衛門が無事でいられるか、小五郎は心配だった。板を敷き、水を撒いて、いくらかでも火に備えた、揖斐茶の主人の手際には感心したが、それでも、気がかりだった。

（板を敷いた）

小五郎は、はっとした。揖斐茶穴熊の上に敷いた板が、酒樽をばらばらにして作ったものだったことに気づいたからだった。

19　奇妙な噂が堺じゅうを

しばらくの間は、道と堀を隔てるお辞儀の木が鬱蒼《うっそう》として、対岸はもちろん、堀さえ見えなかった。ようやく、お辞儀の木がいくらか掃われて、堀の向こうが見えるところに来たが、そこは対岸までが、小五郎たちが舟で渡ったところの倍近くあった。

「どうしたものかな。冬の夜に水に浸かりとうはないが……」

小五郎が独りごちた。火からはいくらか遠ざかったものの、背後の空は、依然として炎のために明るい。

「火消しが来るのは、火が燃えているところでしょうし……かといって、ここで待っていては、火に追いつかれてしまいます」

そう揖斐《いび》茶《ちゃ》の主《あるじ》が言ったとき、平《たいら》の低い声がした。

「あれを」

指さしたのは、さらに進んだあたりの対岸で、そこは堀の幅が、ここよりは狭くなっていた。しかし、平が示したかったのは、そのことではなく、対岸に灯された松明《たいまつ》だった。人が捧げ持っているのか、三叉《みつまた》の篝火《かがりび》が燃えているのか、川面からは高さがあるようだった。四人とも動こうとしなかった。じっと松明の方を凝視する。松明の炎が強くなったところで、そこにいたひとりが、別の松明に火を移した。松明が二本になったことで、二、三人の人影が見えるようになった。

「さてと……」

小五郎が小声で言う。

「人がいるのは分かったが、敵か味方か……」

二本目の松明を手にした人影は、堀へ降り始めた。それを見て、小五郎が決断した。

「行ってみよう。敵にしては無造作すぎる」

四人は急ぎ足で進んだ。それまでは真っすぐに近かった道が、ゆるやかに弧を描き始めた。そのふくらみの分だけ、対岸に近くなっているようだった。ある程度進み、お辞儀の木が少なくなったところで、小五郎が立ち止まり、木を分けて斜面に入った。堀へ降りた人影は、腰まで浸かっていたが歩いて渡っている。松明の灯りがあっても顔までは分からなかったが、小五郎には、その足取りに見覚えがあった。三人のところに戻ると、小五郎が言った。

「下りよう。あれは味方だ」

木漏れ日のように射してくる松明の灯りを目安に、その者が渡って来そうなあたりで、斜面を下りる。闇の中で、一度、揖斐茶の主人が足を滑らせ、虎の平がその巨体を左手で抱き留めた。

「かたじけのうございます」

揖斐茶の主が囁《ささや》いた。

堀端にたどりつくと、松明はすでに堀の半ばを越えていた。小五郎がぴっと短く指笛を鳴らした。松明がそれに応じるように上下した。しかし、そこから松明の火は、向かって右に大きく折れた。合わせて小五郎たちも動く。それに気づいたのか、人影は松明の火で小五郎たちが動く、さらに前方を指した。そこに向かっているということのようだった。

「なるほど。歩いて渡れる道があるということですか」

虎の平が感心したように言った。

「もしや、あれは……」

天晴も気づいたようだった。

「そう。甚吾であろう。おじぎ山のことは、奴が一番知っておるのではないか」

対岸から見るおじぎ山は、燃え盛る火の海で、赤く揺らめいていた。半鐘と鐘の音が依然続いている。松明を持っていたのは、甚吾と伝衛門の手の者だった。

「どうして、ここが分かった」

折衷《せっちゅう》ばさらの、絞った袴《はかま》の裾を、さらに絞って水気を取りながら、小五郎が訊ねた。

他の三人も、濡れた着物を絞っている。

「この童《わらべ》が、藤田様以下皆様おじぎ山へ行ったと申しまして、助太刀《すけだち》になる者が来たら連れてくるよう命じられたと」

伝衛門の配下の言葉に、小五郎は甚吾を見やった。甚吾はばつが悪そうにしている。小五郎は、話を合わせることにした。

「よくやった、甚吾。おかげで助かったぞ」

「藤田様はいかがなさいました」

「仔細《しさい》あってな。……別行動をとっておる。お主たちは、どうやってここに来た」

「この者が申すには、川舟で向われたとのことでしたから、おじぎ山のどのあたりかは、だいたい分かりましたが、もう暗くなっておりましたので、われわれは、徒《かち》で向かうしかありませんでした。近づいたところで、火の手があがりまして、それが川舟で着くあたりでしたから、急ぎ駆け出した次第。堀の小舟は火勢盛んなあたりに着けてあったと申しますので……」

「そこを避けるとすると、歩いて渡れるのは、ここくらいだから」

途中から甚吾が引きついだ。

「火消しは向かっておるのだな」

「はい。鐘が鳴っておりますので、おっつけ来るかと……幸い、おじぎ山は堀に囲まれております。そこより外に燃え広がることはございません」

　突然、平が松明の火を堀に投げ込んだ。あたりが闇になる。同時に、皆を包み込むようにして、地に伏せた。鉄砲の音がしたのは、その直後だった。

「ここに伏せて、静かに」

　そう短かく言うと、音のした方へ這い進む。これ以上は危ないと感じるところで止まり、闇の中で動くものを探した。

（動くか撃つかしてくれれば、仕留められるのだが）

　影がわずかに動いた刹那、虎の平は飛び出していた。鉄砲の吹く炎と音がした。小五郎たちの誰かを狙ったものだった。だが、その標的よりもはるか手前から、平が襲いかかっていた。一太刀目は、かろうじて鉄砲の銃身で受けたが、返す刀は受けきれない。男の脇の下を、平の太刀が斬り裂いていた。平は刀を収め、ほかに敵がいないことを確かめてから、小五郎たちに「もう大丈夫でござる」と声をかけた。わずかに息が荒い。相手の鉄砲を拾うと、天晴がそれを受け取った。弾が当たった者はいなかった。

　小五郎たちは、残してきた川舟のところに戻ってみたが、舟はからっぽで、船頭は待っていなかった。あたりは火術得手の中級相当から成る火消しの一団が群がり、おじぎ山の火を消し止めようとしていた。中にひとり、昼間、小五郎たちが話をした山伏も混じっている。小五郎たちを狙った、火付けの一味はいなくなっていた。

代官所では、佐々が自分の屋敷に戻らずに、心配の態《てい》で待ち構えていた。小五郎たちが無事戻ったのを見て、ほっと一息ついた。

「御心配おかけした」

「御無事でなにより。……藤田はいかがいたしました」

小五郎は起きたことを手短かに説明した。

「大丈夫でございましょうか」

「上級魔術師ふたりの処置ですので、まず、大丈夫かと。寺島様はおられますか」

「寺島は根春国《ねはる》皇太子の警護に出ております。拙者がここに残ったのも、寺島がおりませぬゆえ」

「そうでしたな……そうだ。京から、陰陽頭《おんみようのかみ》の安倍様がいらっしゃると聞きましたが……」

「いま、迎えの者をやっております。まもなく到着なさるでしょう」

「では、明日の手はずが決まるのは、その後ですな」

「そのことで、夕刻から、奇妙な噂が堺じゅうを駆け巡っております」

佐々の顔つきは、不可解という言葉を絵に描いたかのようだった。

「奇妙な噂？」

「はい。銭形屋が死んだ娘を、明日甦《よみがえ》らせると。そのための祈禱所《きとうしょ》を、大山に夜っぴて作っているというのです」

小五郎、天晴、平の三人が顔を見合わせた。揖斐茶の主は無言で微動だにしない。

「夕刻からなのですか」

小五郎が訊ねたのは、まず、そこだった。代官所を出て、おじぎ山に向かうところでは、そのようなことは誰からも聞かされていなかった。

「はい。市中に放っておりました者三人が、ほとんど同時に、聞き込んでまいりました。市からひとり、港からひとり、納屋町《なやちょう》からひとり」

(町じゅうのいたるところではないか。それも一斉にだと)

小五郎には、故意に流されたもののように思えた。

「銭形屋には人をやって確かめさせておりますが、寺島も藤田もおりませんので、拙者ももどかしい。皇太子がいらっしゃるので、寺島も銭形屋にいるはずなのですが、まだ返事がありません」

障子の外に控える者があった。

「代官様、金井《かない》が戻りましてございます」

「寄こせ」

佐々が短かく答える。すぐに金井という男がやって来た。小五郎たちがいるのを見ると、はばかるような顔をした。

「こちらは権刑部卿《ごんのぎょうぶきょう》明智様とその御一行。構わぬから、話せ」

「拙者が着いたときには、銭形屋にも噂が入って来ておりましたが、あちらも寝耳に水で、大騒ぎでした。寺島様もその話は本当なのかと申されるばかりで……。ただ、あそこは先代の主が、隠居したというものの健在で、おまけに、養子に入った今の主人には、まだ子どもがおりません。ですから、隠居した大旦那様のことではと、番頭が申しますが、その先代にいたひとり娘というのは、すでに嫁いでおりまして、死んだという話もききませんし」

「おい。銭形屋の娘というのは、あの根春の豪商に嫁いだという女子ではなかったか」

佐々が言った。

「左様《さよう》にございます」

「あっ」と珍しく声をあげたのは平だった。

「では、その豪商に嫁いだ女子の産んだ娘というのが、根春の皇太子に此度《こたび》嫁ぐのではないか」

小五郎が言った。

「すなわち、銭形屋には孫娘ということになる」

「それゆえ、皇太子殿下は銭形屋でおもてなしいたしておるのです」

金井が穏やかに言った。そのとき、また、廊下に人が現われたようだった。「構わぬから、早く寄こせ」と佐々が苛立たし気に言った。すぐに新参の男が来て言った。

「申し上げます。大山で確かに、即席の結界と祈禱所らしきものが造られておりました」

佐々が手を叩いて人を呼ぶ。

「誰か。銭形屋の先代を呼んでまいれ！」

20　騙《かた》り派《は》の顔色も変わる

代官所は騒然となっている。しかし、ただでさえ数の多くない堺検非違使《けびいし》は、皆出払っていた。市中まわりは寺島以下、皇太子警備に銭形屋の主人宅に行っていたし、市外まわりの藤田の配下は、酒樽を運んだ漁師を探して、聞き込みをしていた。佐々の指図に従ったのは、寺島の手下の金井で、銭形屋の先代のところへ向かう。入れ違いに寺島が、ひとりで戻って来た。

「何が起きているのです？　死人《しびと》を甦《よみがえ》らせるなど、奇怪至極」

銭形屋の主のところにいては、埒《らち》が明かぬと考えたようだ。しかし、代官所もあまり変わりがないばかりか、藤田の負傷を知ることとなった。

「この噂は、おそらく、土御門《つちみかど》様のこととつながりがありましょう。藤田もおらぬゆえ、拙者が事にあたる。それでよろしいな」

小五郎の提案に、無論、佐々も寺島も否やはない。

「銭形屋の大旦那は、昨日今日と店にも顔を見せておりません。もともと、皇太子は明日上陸のはずでしたから、明日来るのだろうと、店の者も考えていたようです。皇太子が突然やって来たので、丁稚《でっち》のひとりが知らせに行ったのですが、隠居所には誰もいなかったと」

「では、金井をやったのは無駄足だったのか」

佐々が唇をかんだ。

「銭形屋の娘というのは、どうなっているのです。堺におるんですか」

小五郎の問いに寺島が答える。相変わらず、ゆっくりとした口調だった。

「先代の銭形屋の妻《さい》というのが、若くして亡くなっておりまして、みくにという名の娘をひとりもうけただけ。これが活発というか、商いに才があったらしく、娘のころから京、大阪へ商いに出る、廻船はおろか、南洋の交易船にも乗り組むで、はじめは婿《むこ》を取って店を継がせるつもりだったのが、旦那は飾りの政子《まさこ》主《ぬし》の方がよいと、店の誰もが思っていたらしいのです。ところが、あにはからんや、根春《ねはる》の商い相手と互いに昵懇《じっこん》となり、さんざん乞い願われて、第二夫人ながら嫁に入りました。相手は根春一の豪商ですから、店にとっても悪かろうはずがない。これが（と、ここで指を折って）……十七年前のこと。すぐに娘がひとり生まれ、やまとと名づけられたことは分かっております」

「その母娘《おやこ》は根春におんのやな」

「はい。そのはずです。で、輿入《こしい》れの細かい経緯《いきさつ》までは、さすがに分かりませんが、そのやまとという娘が、近く、根春の皇太子の妻になるということです」

「近くいうんは、いつなんや」

「さて……ただ、相手は王族ですので、仕来《しきた》りが多いそうです。話がまとまったのが、今年の春といいます。そのとき一度、銭形屋の先代が根春に渡ったらしいのですが、祝言は来年の秋あたりと言っておったと。なにしろ、仕来りの半ばを過ぎるころまでは、仲人しか双方に会えぬらしくて、銭形屋はもちろん、実の父親の豪商も、向こうには会えぬし、当のやまとと皇太子も相手の顔を知らないということです」

「それでも、皇太子は日《ひ》の本《もと》を見るために、わざわざやって来た……」

「向こうの通詞と少し話したのですが、王族が異国から妻《めと》を娶るのは、さほど珍しくないものの、此度《こたび》はさすがに遠いと申しておりました」

小五郎は腕組みをして、黙ってうつむいていた。佐々も寺島も小五郎を頼るような顔つきで見つめている。誰もが沈黙に耐えがたくなったところで、またも廊下を駆けてくる音がした。障子の向こうで影がひざまずく。

「佐々様、寺島様、お耳にいれたいことが……」

「構わぬ。早く入れ。……ここにいる者に気遣いは無用。何ごとだ」

佐々が早口で命じる。

「寺島様。すぐにお戻りください。市中の噂が、皇太子殿下のお耳に入りましてございます。そのことで、殿下にご希望がおありとのこと」

顔をあげた小五郎を含めて、座の一同が顔を見合わせる。機嫌の良さそうな者はひとりもいなかった。

「ご希望……か」

つぶやいた小五郎の顔は苦虫を嚙みつぶしていた。やおら立ち上がる。

「佐々様、致し方ない。行くしかないでしょう。拙者もお供つかまつる。寺島様、銭形屋の主の家いうのは、どこになるのかな」

「大道筋を渡った向かいです。丁稚や若手の手代も暮らしておりますから、大きな家ですが、二階が主人夫婦の住まいになっております」

「使用人は店に住み込んではいないんですか」

小五郎が不思議そうに問うと、佐々が答えた。

「これが堺らしいところで、納屋町《なやちょう》の店は蔵と呼ばれるように、商いものを入れておりますが、ここは市中で棟別銭《むねべつせん》がかかります。ところが、人が住まう家は大道筋を渡ってすぐのところに建てて、ここは市外ですので、次第により棟別銭が免ぜられます。人には足がついているのだから、金のかからぬところから歩けば良いという理屈のようです」

小五郎は佐々の説明を笑いながら聞くと、そのあとは早かった。

「天晴と惜《おしむ》殿には頼みがある。大山に行って、準備しているところを見てきてほしい。堺には騙《かた》り派《は》が跋扈《ばっこ》してるらしいからな。大がかりな吊り店かもしれぬ」

小五郎たちは代官所を出た。門口の脇で、甚吾が剣玉をやっていたが、小五郎に気づくと顔を上げた。小五郎はひとつ頷いて、付いて来いというように首を振った。右手遠くの夜空が赤く明るい。おじぎ山の火は、まだ消し止められていないようだった。それでも、半鐘と鐘の音が間遠になっている。大道筋に出て、そこで、天晴たちとは左右に分かれる。別れ際に、小五郎は天晴の耳元で囁《ささや》いた。

「鉄砲の弾丸《たま》のことが気になるのは、良う分かる。しかし、それは後の話や」

天晴は黙ったままうなずいた。甚吾にはこちらについて来るよう、小五郎が顎《あご》で示す。

三人になると、小五郎は佐々に囁きかけた。

「噂のことは、騙り派のヨタ話らしいが、よくは分からぬということで通しましょう。そのためには、なまじ陰陽師や魔術師はいない方がよいと思い、天晴たちを連れて来ませんでした」

「なるほど。分かりました。しかし、根春側にも、術師はおりましょう」

「素人《しろうと》が分からぬと突っ張れば、それ以上のことにはなりますまい。問題は……皇太子殿下のご希望とやらだが……」

小五郎は口を一文字に結んだのちに、うなるように言った。

「あまり、良い予感はしませんな」

大道筋には、人だかりが出来ていて、遠くの炎を仰ぎ見たり、噂話にかまびすしかった。

銭形屋の家の前では、寺島の手の者ふたりと、番頭以下数名の者が、立ち話をしていた。番頭がまず小五郎たちに気づいた。

「これは代官様に寺島様。刑部卿《ぎょうぶきょう》までお揃いで、ありがとうございます」

「皇太子殿下にご希望があると聞いたが」

佐々が番頭に訊ねた。番頭はあたりを見回し、まず、小五郎たちを家の中に入れた。広い土間に履物が散乱している。

「どういうわけか、皇太子殿下が、例の死人の噂をご存じで、そういうことが起きるんなら、ぜひ、見てみたいと……」

「ふむ。やはりな」

小五郎が小声で言った。

「なぜ、また、皇太子の耳に入れたりした」

佐々は不機嫌さを隠さない。

「とんでもない。どこからお聞きになったもんやら、さっぱり分かりまへんのや」

「そもそも、なぜ、今日上陸したんだ？　いつ来たんだ？」

小五郎が訊ねた。

「お見えになったのは、陽の暮れる寸前でした。店の方に来られて、お供の方、通詞方入れて、総勢四人。少しでも早く、堺の地を踏みたかったいうことでした。まずはお通ししましたが、店は狭いし、ちょうど仕舞うところで慌ただしい。こちらにお移りいただくことにして、大旦那《おおだん》さんと、惣領《そうりよう》の角紅屋さん、それに佐々様にはすぐに知らせんならんやろうと、使いを出しました。佐々様のとこには、わてが行きましたでしょう。戻ったところに、角紅屋の御主人が挨拶にいらして、おっつけ、寺島様の御一行も見えられましてん」

「先代はどうした」

佐々が言った。

「それが、隠居所には誰もおらんいうて、使いが戻ってきましてん。それで喜兵衛さんなら知ってるかと、人をやったら、これも留守ですわ。ごちゃごちゃやってるうちに、暗なって、店の者《もん》が帰って来る。晩の支度じゃいうて、これが毎日のことながら戦場《いくさば》でございます。大事なお客様ですから、放ったらかしいうことはありませんが、主も付きっ切りいうわけにはまいりません。しかも、納屋衆《なやしゆう》やら、なんやら、お忍びのわりには、お客さんが多いんだす」

「客というのは、皇太子のか？」

「左様《さよう》です。どうも、こちらにいらっしゃると、みくに様が方々に文を書かはったみたいでんな。それでも、お越しが一日早なったんを、どっから聞いたんやら……」

「死人を生き返らせるという話は、どうやって耳に入れた？」

小五郎が番頭と佐々の間に割り込むようにして言った。

「誰が聞いてきたんかは分かりませんが、店の者《もん》が交代で晩ごはんいただいてるときでした。手代か丁稚かで、使いに出てたんが、聞いて来たんやと思いま。それも、二、三人の話をつきあわすような感じでした。人には言うなと釘さして、主人に話しました。主人も驚いて、なおのこと、急いで大旦那《おおだん》さん見つけんならんなと……」

「大旦那は、まだ、見つからんのやな」

「はい。正直、どこ探してええんかも分からんかったんです。ただ、その噂聞いて、すぐに、手代で一番信用できるんを、大山にやりました。まだ、戻ってませんが……」

「で、その噂が皇太子の耳に入ったんやな」

「はい。……とにかく、銭形屋の名前が入ったあるのに、噂のことは、誰《だあれ》もなんも知らんのです。皇太子様に、どうお答えしたもんやら……ほんま、お手上げです。とにかく代官様に相談せんことにはと旦《だん》那さんがおっしゃって……日も暮れましたので、佐々様とは無理でも寺島様とは相談せんと、どうにもならんやろうと」

番頭の説明が一通り終わっても、何か言う者はいなかった。その場の人間は、皆、苦り切った顔をしている。沈黙の中で、半鐘の遠い音が、二打ずつ間遠に聞こえてくる。

火はまだ燃えているものの、火勢は弱まっているようだった。

「如何《いかが》いたそう」

佐々が小五郎に言った。困り果てているのが、手に取るように分かった。

「皇太子殿下にお目通りを願おう。ご希望に対する返答も必要でござろうから。ただし、下準備が入用でござる。……甚吾」

小五郎は門口の物陰に控えていた少年を呼んだ。

「急ぎ、天晴たちをここに連れてきてくれ。大山にいるはずだ。天晴には、神行法《しんこうほう》を使ってでも急げと伝えろ。一刻を争うと……番頭さん、この童《わらべ》が連れてきた者は、すぐに奥に通してほしい。それから、もうひとつ。皇太子殿下にお取次ぎ願いたい。堺代官と権刑部《ごんのぎょうぶ》卿《きょう》が、明日の警備のことでご相談がございますと。当方は、噂は根も葉もない騙り派のヨタ話と考えておりますが、それでもご覧になりたいなら、お止めはいたしませんと」

「明智卿！」

佐々が叫んだが、小五郎は意に介さない。

「いや、こういう見物衆がいた方が、騙り派の顔色も変わるというものでござろう」

小五郎は笑ってみせた。結果的に、この小五郎の判断が、事を大きく狂わせることになる。

21　かつての帝の陵墓《りょうぼ》

皇太子には二階奥の八畳の座敷が用意されていた。畳張りの上に西洋風の肘掛け椅子が置かれ、二十代半ばの若者が座っていた。欧州の軍服を思わせる黒い衣装に、いくつも勲章を下げている。冠はなく、黒い艶のある髪が、襟足のところでわずかに弧を描いている。やや細めの眉の下に瞳が黒く澄んでいる。それが色白の顔にくっきりとして、賢そうな顔立ちだった。

小五郎と佐々は平伏している。

「根《ね》春《はる》国グルン王朝の皇太子にして次期国王プラサント様にございます」

となりに控えている通詞の男が言った。

「堺代官佐々越中守成正《えっちゅうのかみなりまさ》にございます。こちらは刑部省権刑部卿《ごんのぎょうぶきょう》　明智越前守《えちぜんのかみ》光秀。皇太子殿下にご拝謁の栄を賜り、恐悦至極に存じます」

「オモテヲオアゲクダサイ」

若者が言った。そして、すぐに異国の言葉をつけ足した。即座に通詞が訳した。

「予定の繰り上げに対して、此度《こたび》のご配慮に感謝いたします。堺の地を踏むことが出来て、たいへん嬉しく思っています」

佐々と小五郎は顔をあげた。通詞は浅黒い顔の四十前後の男で、皇太子の背後左右に、伴の者が控えている。ひとりは通詞と同年輩かやや年長の白髪《しらが》の男で、もうひとりは皇太子と同じ年ごろの偉丈夫だった。

「あいにく、ここ数日来、当地では不穏な出来事が起きておりまして、殿下におかれましては、不用の御心配をおかけ奉り、真《まこと》に弁解の言葉もございません」

通詞の訳は早い。皇太子は、その言葉いちいちにうなずいている。だが、小五郎の見るところ、佐々の言葉に、殿下は耳を傾けているようだった。

(どこまで出来るかは分からぬが、まったく心得がないわけではなさそうだ)

「死人《しびと》を甦《よみがえ》らせる儀式があると聞いた。日《ひ》の本《もと》の魔術はそのようなことも出来るのかと驚いた。是非、この目で見てみたい」

「確かに、そのような流言《りゅうげん》が飛び交っておりますが、どこかの騙《かた》り派《は》による大ボラの類《たぐい》にございます」

通詞が訳すより早く、皇太子の顔が曇《くも》った。

(かなり聞き取っている)

小五郎はそう判断した。しかし、あくまで通詞を介してしか喋らない。

「堺にいる信頼できる者から聞いた話である」

「どなたが、殿下のお耳に入れたのかは存じ上げませんが、日の本の陰陽術であれ、他のいかなる魔術であれ、そのようなことは無理でございましょう」

ここで初めて、会話が一度途切れた。皇太子は佐々と小五郎を見つめている。

「それでは、なぜ、それが人前でなされるのか？　それも、かつての帝の陵墓《りょうぼ》において」

「帝の陵墓？」

佐々よりも先に小五郎がつぶやいていた。

（陵《みささぎ》とは聞いていたが、初耳だぞ）

皇太子と通詞が、小五郎の方を見た。それにつられるようにして、佐々も顔を向ける。物問いたげな小五郎の顔つきに、佐々も首をひねっている。

「ただいま、市の広場にて、欧州渡りの見世物一座が興行を打っております。それに便乗したか真似たか、いずれにしても、騙り派の見世物かと……。もちろん、そういう一座を座興にご観覧なさりたいということであれば、準備を整える所存」

小五郎が落ち着いた口調で言うと、皇太子の口許が堅く結ばれた。じっとふたりを見下ろしている。誰も口をきかず動かなかった。耐えかねたかのように、通詞が皇太子の方に目をやった。皇太子の結ばれた口が開き、短かい言葉が出た。すぐに通詞が訳す。

「ならば、この目で確かめたい」

二階の反対側大道筋に面した大部屋に、主人以下、店の主だった者が控えていた。住み込みの手代や番頭たちが、食事を摂る部屋でもあるらしく、何人かが遅い夕餉《ゆうげ》の最中だった。主人が声をかけてきた。

「いかがでした？」

「どうしても、御覧になる気らしい」

佐々が苦い顔つきで言った。小五郎は、主人の傍らに天晴を見つけた。

「おお！　早かったな」

「神行法《しんこうほう》で戻りましたので。惜殿《おしむ》と甚吾は後から来ます」

「本当に神行法で走ったのか？」

小五郎の言葉に苦笑する。

「明智卿がおっしゃったのでしょう？　神行法で戻れと」

「で、あっちはどうだった」

「どうもこうも。市の掛け小屋と変わりませんな、あれは。一目《ひとめ》偽物です。陰陽術でないのはもちろん。少なくとも、私の知っているいかなる魔術でもありません」

「あそこが、かつての帝の陵墓だということは知っていたか？」

「えっ。……いや。……そうなのですか」

「佐々様はご存じでしたか」

「いや、拙者も。寺島、そういう話は聞いたことがあるか？」

店の者も含めて、その場の者は全員首を傾げた。ようやく、銭形屋の主人が言った。

「確かに、あないに大きな墓作れるいうんは、よっぽど銭と力持ってへんと無理でっしゃろなあ。ようよう考えてみると、そうなりますけど……ただ……」

「ただ、何や」

「そもそも、あれは、ほんまに墓なんですか？」

皆、黙り込んだ。小五郎もじっとうつむいて考え込んでいる。やがて、顔をあげると低いが力強い声で言った。

「平《たいら》！」

「ここに」

壁際に控えて気配さえ見せなかった平がすぐに答えた。

「日暮れておじぎ山に川舟で向かったとき、拙者たちの舟が、後《あと》を尾行《つけ》られていたということはあるか？」

「ございません。あの堀の進み方では、陸《おか》からは追いかけられませんし、暗い中で追ってくる舟があれば灯りで分かります」

「そうよな。……天晴、拙者と平は伝衛門を埋める穴を掘っていたので、見ていないのだが、揖斐《いび》茶《ちゃ》穴熊というのは、どういう手順で術をかけたのだ？」

天晴は揖斐茶の主《あるじ》が執り行った術の手順を再現してみせた。白い粉で文様を描き、強い香りの粉薬を飲ませ、呪文をかけた。その場の誰もが、小五郎の考えていることが、さっぱり分からぬ態《てい》であった。そんなことにはお構いなしに、小五郎は、またしてもうつむいた。うつむいたまま、呟くように天晴に問いかけた。

「粉薬の匂いというのは、あの数寄屋《すきや》で初めて嗅いだのだな？」

「左様《さよう》です」

小五郎はふっと小さく息を吐いた。階下で人の騒ぎ声が聞こえ、侍がひとり上がって来た。

「佐々様。白木崎《しらきざき》の火消し衆が戻りました」

背後にひとり男が控えていた。

「白木崎の中級相当で、金《きむ》と申します。つい先ほど、おじぎ山の火を消し止めましてございます」

「そうか。大儀であった。さすが新羅《しらぎ》の火術と言われるだけはある。礼金は明日にでも、惣領《そうりょう》の角紅屋が届けよう。皆の者にも、労《ねぎら》いの言葉をかけてやってくれ」

「火消しさん。おじぎ山にある数寄屋は、どうなった」

小五郎が訊ねた。

「数寄屋であったのかどうかは分かりませんが、小屋は焼け落ちてございます。あのあたりは、一番に火がついた場所でしたので」

おじぎ山に行っていた三人が顔を見合わせる。火消しが去ると、小五郎が佐々に訊ねた。

「白木崎というのは、新羅の衆の寄合町《よりあいまち》ですか？」

「左様《さよう》。堺は新羅からの去来人《きょらいびと》が多く、白木崎と百済町《くだらちょう》と町もふたつございます」

「根春から来た者というのは、おりましょうか」

「さて……」

佐々は一度考え込んだ。

「新羅人と唐人は多いので、町を作っておりますが、それ以外では……去来した者同士は当然、横のつながりを持ちますが、町を作るほどではないかと……」

そこに銭形屋の番頭が「畏れながら」と口をはさんだ。

「根春の者は、たいがい漁師町に住んでおります。堺の根春人の束ね役は賀子寿《がねす》という者ですが、この男も漁師町におります」

「漁師町に？」

「はい。もともと、あの国に、根春巻き網という漁法があるそうで、海産物問屋の土佐屋《とさ》さんが、傘下《さんか》の漁師に取り入れさせようと、根春から人を呼んだんが、始めと聞いております。もともと漁師の多い国とのことで、堺にやって来るのも、漁師か外海の船乗りをやっての出稼ぎが多いようでございます。うち同様、廻船が得意な大和《やまと》屋さんなんかは、根春の船乗りをようけ抱えとおります」

「銭形屋さんには、おらぬのか」

「おりますが、うちとこは、南洋向けの船乗りだけで、数もそう多くはございません。それに比べて、大和屋さんは瀬戸内から外海から、日《ひ》の本《もと》まわりの船にも、ぎょうさん使《つこ》うてはりますから。確か摂州の南に、根春人町があったように思います」

小五郎は、少しの間考え込んでいたが、やがて番頭に言った。

「皇太子殿下を訊ねて来た者の名前は控えてあるか?」

「はい。記帳をお願いしてございます」

「見せてもらえんか」

番頭が手代のひとりに帳面を持って来させた。小五郎が開くと、ずらりと名前が書いてある。

納屋衆惣領角紅屋主人　納屋忠兵衛
大和屋主人　納屋昌男
河内屋内儀　納屋桃子

「河内屋《かわち》というのは、政子主《まさこぬし》か?」

小五郎が手を止めて訊ねた。
「はい。あそこの御内儀は、それはやり手で……旦那の方は、店より碁会所におる方のんが長いくらいで……」

土佐屋主人　土佐丸源八
堺根春人会世話役　賀子寿
堺唐人会世話役　陳小偉
堺代官名代　佐々成彬
村上屋主人　納屋尾矢久

最後のところで、小五郎の目が帳面に釘づけになった。

検校　丸野菜市

22　藤田は無事でいてくれるかな

子《ね》の正刻《せいこく》(午前〇時)も回ったころ、揖斐《いび》茶《ちゃ》の主《あるじ》と甚吾が戻って来た。甚吾は半分眠っていて、惜《お》しむに抱えられるようにして、ようやくたどり着いた。

「さて、われわれも戻りますか」

佐々が言った。

「寺島、ここは頼んだぞ。明智殿、陰陽頭《おんみようのかみ》の安倍様も京から着いておろう。土御門《つちみかど》様の通夜《つや》に参りましょう」

揖斐茶の主が「えっ」と声をあげたが、小五郎は構わず言った。

「佐々様、拙者はその前に、この甚吾を親御のところへ送り届けようと思う。夜中まで出歩かせたのは、拙者のせいでござるからな。天晴と平《たいら》もつき合え。……揖斐茶の主。堺での宿は、土御門様のところでござったな。通夜の最中でござろうから、線香の一本もおあげくだされ。拙者たちも、甚吾を送ったら、そちらに寄り申すゆえ」

「明智様、少々お待ちを。いま、通夜と申されましたか」

揖斐茶の主の声は上ずっていた。小五郎は平然としている。

「左様《さよう》。いままでお伝えする暇がなかったが、土御門様はお亡くなりになった。殺しの疑いもございます」

小五郎は一度言葉を切った。

「揖斐茶の主、すべては明日でよろしい。数寄屋《すきや》でそなたが申された通りに、明日まで待ちましょう」

「いや……その……あのときは……」

「惜殿。すべては明日。まず朝一番に、伝衛門を助け出し、しかるのちに、お話をうかがいましょう。でなければ、拙者の方からお話しいたした方がよろしいかな」

通夜の席で、揖斐茶の主は一晩中そわそわしていた。一度だけ遅くに戻ってきた小五郎に話しかけようとしたが、ただ一言「明日」と斬り捨てるように言われただけだった。京からやって来た、陰陽頭の安倍雷明《あべのらいめい》は、住吉大社奥に着くなり、大山の話を聞きつけ、その足で大山に向かっていた。天晴、阿保呂《あぼろ》のふたりの上級とともに、さかんに憤っている。

「あのような騙り派《かたりは》は許しがたい。夜が明けたら、すぐに止めさせねばならん」

「銭形屋の大旦那《おおだんな》さんは、どういうおつもりなんやろ。ご自分でも上級相当を抱えてはんねんから、術については素人《しろうと》やとしても、あないな者《もん》が騙り派やいうことくらい、分かりそうなもんや」

阿保呂も不思議そうに言った。

「銭形屋の大旦那はどこに行ったんや」

小五郎の問いに天晴が答えた。

「大山では見つかりませんでした。やはり銭形屋を探しにやって来た金井様とも話しましたが、どこにも見当たらぬようです。あの喜兵衛という前の番頭ともども、姿が見えません」

角紅屋や銭形屋をはじめ、納屋衆《なやしゅう》の主人が順番に通夜にやって来た。その他にも、弔問客は多く、中には話し込んでいく者もあった。弥一郎はずっと泣き止まず、角紅屋の主人と母親がつきっきりになって慰《なぐさ》めていた。小五郎は見知った人々には、話し相手となっていたが、天晴と平は、そうした話には加わらなかった。平は小五郎を守れる位置に黙って控え、天晴はおじぎ山の畔《ほとり》で奪った鉄砲をずっと見つめている。小五郎は天晴の方には何度か目をやったが、何も言わない。客の波が引いたころ、大きくあくびをしてみせると、広間の隅で横になり、そのまま眠ってしまった。平が脇で座ったまま腕組みしている。目は閉じているが眠ってはいないようだった。天晴もいつのまにか眠りに落ちていた。

天晴が目覚めると、小五郎が線香の火を新しいものに移しているところだった。平は座ったまま眠っていた。外は明るくなっている。弥一郎を慰めていた女が「通夜の残りですが」と言いながら、いなり寿司の入った桶を持ってきた。

「弥一郎の母君でござるか」

小五郎が声をかけた。女は「左様でございます」と言い、たすき掛けを解いて、着物の袖を垂らした。

「弥一郎には、つらかったでしょうな」

「陰陽師になれるかもしれないと、本当に思っておりましたようですので」

「角紅屋さんも、阿保呂様が上級相当に昇られるまでは、ご苦労でしたな」

「はい。ここ数年は、弥一郎も事の次第が分かる歳になっておりましたから、それだけに、次は自分が上級になれれば店のためにもなると、考えていたようでした。末っ子ですし、見方によれば、店を継ぐより難しいとも申せますので」

「揖斐茶の主はどうしました」

「客間でお休みです。どこでお休みいただくかなどは、弥一郎がみな飲み込んでおりました」

「そうか。住み込みでしたな。弥一郎はどこに……」

「一つ家《や》の掃除をしております。先生はおりませんのに、習い性というのは妙なものでございます」

「もう明るくなりましたが、何刻《なんどき》でしょう」

天晴が聞いた。

「卯《う》の刻の鐘（午前六時に鳴る鐘）がずいぶん前に鳴りましたから、まもなく辰《たつ》の刻（午前七時から九時）かと」

「ふむ。では、そろそろ伝衛門を掘り出しに参ろうか……おい、平、行くぞ。天晴、すまんが揖斐茶の主を呼んできてくれ」

小五郎たちは土御門の家を出ると、もっとも近い甲斐《かい》の渡しに向かい、近くの川舟宿を訪ねた。

「一艘《いっそう》借りたいんやが」

小五郎が言った。宿主は「船頭付き、半刻で銀二分になります」と言った。

「少し相談があんのや。実は、おじぎ山に行きたいのやが、堀を渡る小舟もほしい。あるか？」

「おじぎ山？　昨日燃えた、あそこか？」

「そうや。土手越えたらすぐ目の前がおじぎ山いうとこがあるやろ。そこまで引いて、堀までは抱えて運ぶ。人手は四人おるから、船頭さん入れて五人。運べんこともあるまい」

「抱えて運ぶいうて、一番小さいのでも三人は乗れる。重おまっせ。あそこの堀には小舟が置いてあるんとちゃうかったかな」

「それが、昨日の火事で焼けたらしい」

「そうでっか。……あそこの堀、歩いてもいけまっせ」

「実は、帰りに荷があるんや。それを運ばなならん」

宿主は少し考えた。

「こういうんは、どうでっか。丸太二本に板渡した筏《いかだ》がありま。荷だけなら、それでいけます。そんかわり、ほかの人は堀歩くことになりますが、舟と違うて、これなら四人で運べます。舟抱えて土手登るいうんは、無茶かもしれませんで」

小五郎は、宿主に従うことにした。筏は舟とは別に、時間関係なく銀二分だった。手付に銀六分を、懐《ふところ》から出す。すぐに、宿主は筏を舟の艫《とも》に縄で結わえた。

船頭は四たび坂東《ばんどう》流れの唄う男だった。小五郎を見ると、あわてて何か言おうとしたが、うまく言葉が出ない。しどろもどろになるばかりだった。小五郎が笑いながら言った。

「火消しを呼びに行ってくれたのであろう？　心配せずとも、万事心得ておる」

船頭はほっとした表情で舟を出すなり歌い始めた。

〽愛の鼓動を　ＴＯＰに入れて
恋のブギウギ　ＳＴＥＰ踏んで
ヤル気になって　いこうじゃない
サンタ・ルチア　サンタ・ルチア

曳航《えいこう》していた筏を担ぎ上げ、土手を登るのは、大変ではあったが、四人でこなせた。筏とはいえ、浮かべて人が乗れるとは、とても思えず、帰りに伝衛門を横たえても、水の中から人が押すしかないような代物だった。それでも、船宿の親父の言うことをきいて良かったと小五郎は思った。舟では担いで土手は登れなかっただろう。堀に浮かべ、平が下帯ひとつになって水中に入り、筏を押した。あとの三人は昨日のように歩いて渡った。

おじぎ山は、お辞儀の木の焼けたあとの匂いが、まだ残っている。焼け落ちた木が、道を塞いで、三尺道を歩くのに難渋した。数寄屋跡にたどり着くと、焼けて真っ黒になりながら、小屋の骨組みだけが残っていた。伝衛門を埋めたあたりには、ちょうど数寄屋の燃えた残骸が積もっていた。

「さて、藤田は無事でいてくれるかな」

小五郎が独り言のように言った。灰と焼け残った木材を払いのけると、伝衛門を埋めた上に被せた板が真っ黒になっていた。一番下の板まで焼けきっている。それを見て、さすがの小五郎も顔色を変えた。揖斐茶の主が焼けた板を取り払い、焦げた土を掘り返す。埋めたときの横向きの恰好そのままで、伝衛門の姿が現われた。上になっていた右頰に火傷《やけど》の火ぶくれが出来ていた。

「着物の下で火傷になっているかもしれません。気をつけて触れてください」

揖斐茶の主が言った。注意深く伝衛門の周りの土を取り除き、半ば身体が出たところで、そっと伝衛門の右腕を持ち上げ、自分の首に回し、左手で伝衛門の左腋をすくった。鉄砲傷のあたりの着物が血痕で赤い。そのまま起こすようにして持ち上げる。下帯ひとつで裸のままの平が、伝衛門の両足首をまとめて掴んだ。小五郎と天晴が簡単に均《なら》して、身体ひとつ分平たくしたところに、伝衛門を横たえる。揖斐茶の主が、一度息を吐くと、懐から布袋を取り出した。中の白い粉で、伝衛門の周囲に描いた文様に、天晴は見覚えがあった。三人がその文様から離れるように後退《あとずさ》る。揖斐茶の主は手首と鼻孔に手をあて、脈と呼吸がないことを確かめる。そして、呪文を唱え始めた。惜の動きを、小五郎はじっと見つめている。呪文はかなり長い。一心に呪文を唱える惜の額に汗が浮かんだ。天晴は呪文を聞き取ろうとしているのか、眼を半ば閉じていた。やがて、呪文は途切れさせることなく、揖斐茶の主は伝衛門の額に右手をかざした。そして、かざした手を顎《あご》から喉へ、さらに胸から腹へと下ろしていった。足許までかざした手を動かすと、額めがけて戻ってくる。かざした手を往復させながら、次第に掌が伝衛門の身体に近づいて行った。そして、ある時、伝衛門の鼻と口に吸いつけられるようにして、掌が顔の下半分を覆った。同時に、揖斐茶の主が「はっ」と気合とも吐息ともつかぬ声を発した。その場の誰もが動かない。声も出さずに見守る中で、伝衛門の目が開いた。

「おおっ」

小五郎が声をあげ、天晴が天を仰いでひとつ大きく息をつき、平が両目を右手で覆っている。揖斐茶の主は大きくため息をつくと、その場に座り込んでいた。

23　他人《ひと》のお考えにならぬことを

目を醒ましてしばらくすると、伝衛門は額に脂汗《あぶらあせ》を浮かべて苦しみ始めた。

「生き返るとともに、傷が傷として痛みはじめるのです」

惜《おしむ》はそう言って、天晴とふたりで、応急処置を始めた。右頰だけでなく、身体の右側にいくつか火傷があったが、それは軽いものだった。鉄砲傷がやはり問題で、傷口を新たに塞ぎなおしたが、薬師《くすし》の陰陽師に見せる必要があった。伝衛門を筏《いかだ》に乗せる。小五郎たちが堀を渡っていると、背後で轟音がした。数寄屋《すきや》前の斜面、前夜最初に燃えたあたりのお辞儀の木の焼け跡が崩落し、堀に向かってなだれ込んでいた。いつもは静かな堀に波が起こり、伝衛門を乗せた筏が揺れる。堀を渡り終えると、その後は、平《たいら》が背負った。筏は堀に浮かべたままにして、土手を越えて、ようやく舟にたどりついた。

代官所の門口では、甚吾が剣玉に熱中していた。座敷に伝衛門を横たえる。

「平、出るときは呼ぶので、それまでは伝衛門を看ていてやってくれ」

小五郎はそう言うと、天晴と惜を伴って、自分の与えられた部屋に入った。

「さて、揖斐茶《いびちゃ》の主《あるじ》。話を聞こうか」

上座を占めているとはいえ、濡れた衣装を脱いだ借り着姿で、胡坐《あぐら》をかき、口調もくだけていた。しかし、揖斐茶の主は面《おもて》をあげない。

「話しにくいか？　ならば、まず、ひとつ教えてもらえぬかな……揖斐茶穴熊《あなぐま》についてなのだが」

伏せたままだが、顔つきが変わったのが、天晴には分かった。

「揖斐茶穴熊について……で、ございますか？」

「左様《さよう》。まことに見事な術であった。奇怪面妖とも言える。のう、天晴」

「まことに」

脇に控えた天晴が応じる。こちらも借り着だが、袖なし外套《クローケ》とケープに隠れていて、それと分からない。

「ひとつ、教えてほしいんや。伝衛門を甦《よみがえ》らせた施術、つぶさに見させてもろうたが……あれは、術を掛けるときも解くときも、お主が手ずからやらねばならぬのか？」

揖斐茶の主が面をあげた。目を見開き、小五郎を見つめる。口を開きかけて、しかし閉じた。

「術を掛けるときは、自らやらねばなるまいよ。しかし、解くときは、どうなのだ？」

「……明智様は、すべてお分かりになっているのですね」

主の問いに小五郎は答えなかった。

「穴熊から甦らせるやり方は、二通りございます。予《あらかじ》め時を決め、たとえば一日後とか半日後、四半日後などと、最長で二日までと伝えられておりますが、その時が来ると、自ずと甦るように術を掛けます。いまひとつは、藤田様のときのように、術を掛けた者が自《おの》らの手で術を解きます。ただし、これも二日を過ぎれば元には帰らず、死ぬと伝えられております」

小五郎はうなずいた。

「で、それが、今日のいつなのだ？」

「正午となっております。……さすがは明智様。お見事にございます」

「そなたの娘にかけたのか」

「左様でございます。私も実際に術を使うのは初めてでした。上手《うま》くいくものやら、ためらいがございましたが、ほまれが土御門《つちみかど》様の力になれるならと申しまして……しかし、なぜ、お分かりになったのです。あまりに途方もないがゆえに、誰も気づくまいと、皆、そう考えておりましたのに」

揖斐茶の主の不思議そうな面持ちに、小五郎の顔がほころんだ。

「娘の姿が見えぬのに、心配している様子がなかったからな……主が、織田様の下では、茶商人として生きていることを、拙者は承知している。しかし、伝衛門が撃たれたとき、穴熊の術に必要な粉薬を持っていた。茶商人としては必要のないものだ。しかも、天晴は京一条では気づかなかった薬の香りを、数寄屋では一番に気づいている。ということは、拙者の知らぬその間のどこかで、惜殿は魔術師に戻っていたことになる。そして、揖斐茶穴熊を使った。だから粉薬を持っていた。天晴の問いに答えたな、一度使ったことがあると。それはごく最近、堺についてからであろうと思った」

「相変わらず、他人《ひと》のお考えにならぬことをお考えになる」

「そこからは逆に考えていった。どのような場合に、人はあの術を使うだろうか。藤田の場合は火急《かきゅう》のことだ。揖斐茶穴熊を使うしか手立てがなかった。しかし、人を一度かりそめの死人とするなど、そうそう用いる必要があるとは思えぬ。だが、この術を使えば、死人が甦ったように見せかけることが出来る。ただし、そのためには、死人に見せかけるための生きた人間が要る……これを考えたのは、土御門様なのか？」

「左様です。住吉大社奥の駅に、土御門様が迎えに来られておりました。いつもは、私が家をお訪ねするのですが……そこで、さっそく相談があると」

「土御門様は、銭形屋の孫娘のことを知っていたのか？」

「やまと様の輿入《こしい》れが決まって、あちらの王族の一員となられてからは、そうそう勝手も言えまいと、これが最後のつもりで、この春、日《ひ》の本《もと》のおじい様のところへ、お忍びでやって来たと聞きました。ところが、不慮の出来事から、やまと様がお亡くなりになって、銭形屋の主人……いまは隠居なさったそうですが……大旦那の悟朗《ごろう》様がたいへん沈んでおられる。土御門様はそうおっしゃっていました。死人を生き返らせるなどということは、陰陽術でも無理でございましょうなと、一度、聞かれたこともあったそうです」

「そうか。それが土御門様の気になっていたことか」

「銭形屋が良からぬ夢にすがっている。土御門様の言葉通りに申せば、そうなります。もっと悪いことに、そこにつけ込んだ騙《かた》り派《は》がいるらしいと」

「なるほど。しかし、そこが分からんのだ。なぜ、騙り派がいると分かった」

「銭形屋の主人が京に行っていると分かったのとほとんど同じころ、京で葬式から骸《むくろ》が奪われているのが分かったということでした。土御門様にしてみれば、一と一を足して二にするようなもの。銭形屋の悟朗様は、茶の談合で存じ上げておりますが、聡明なお人で、普段なら騙り派を寄せつけることなど、考えもつきません。これは、よほどのことだと、私も思いました」

「それで、土御門様が絵を描いたと……揖斐茶穴熊のことはご存じだったのか？」

「はい。堺を訪れるようになってすぐに、面識を得て以来、話し相手となっていただきました。あちらはあちらで、西洋魔術でも異端中の異端である、私のことに興味をお持ちのようでした。魔術についての文献も多くお持ちで、私も自分の生国の魔術で知らなかったことを、ずいぶん教えられました。そんな話の中で、揖斐茶穴熊のことも……」

「段取りは、どうつけた？」

「私が堺に着いたその夜、悟朗様の隠居所を、土御門様とふたりで訪ねました。聞けば、騙り派の上級相当という男の言いなりで、それでも、一度試しにやって見せろとは言ったようでした。堺で骸を盗むというわけにはいかぬので、京の別邸に行ったそうですが、いざ、骸を手に入れても、やれ老人だから無理だとか、京では陰陽寮が結界を張っていて術が効かぬなどと言い抜ける始末。普段の悟朗様なら、このあたりで気づきそうなものなのですが、孫と同じ年ごろの娘の骸を、酒樽に塩詰めにして運んできたと言いますから、手がつけられませんでした」

「その騙り派はどうした？」

「私たちが悟朗様のところに行ったときには、いませんでした」

「いなかった？」

「はい。私はその騙り派を見てはおりません。ただ、銭形屋と土御門様のやりとりから、晋三《しんぞう》という名前だと分かりました」

小五郎は少し間をとった。

「で、京から運んできたという骸は？」

「骸を入れた酒樽はおじぎ山の数寄屋に隠してあったようです。骸は土に還す手はずでしたが、どうなったのかは存じません」

「石津川に捨てられていたのを、翌朝早くに見つけられた」

「そうですか……」

「銭形屋には、どういう話をしたんだ？」

「陰陽術だけでは無理ですが、西洋魔術と手を携《たずさ》えれば出来るかもしれぬと。それで、悟朗様には、その夜から翌日一日、どこかに身を潜めるよう言いました。誰かに漏らされてはなりませんし、ほまれに揖斐茶穴熊をかけるところや、そのほまれと骸を入れ替えるところを、見せるわけにもいきませんから。で、元番頭の喜兵衛という男のところで身を隠すことにしました」

「あとは、銭形屋の隠居所でやったのか？」

「はい。それから先は大急ぎでした。まず、ふたり組の大男をおじぎ山にやって、骸を入れていた酒樽を持って来させました。術をかけたほまれを、棺の中に入れねばなりませんから、本物の孫娘の骸を入れるものが入用でした。骸も塩も入っていない空の酒樽だけ持って来ました」

「なるほど、急いでいたから、土には還さず、川に捨てたというわけか」

「ほまれを仮の死にして、術をかけたのが、ほぼ子《ね》の刻でしたから、一日半で目醒めるようにしました。私がやったのは、そこまでで、あとは土御門様がやるから、私は身を隠せと言われ、あの数寄屋を教えられました」

「あそこには、ひとりで行ったのではあるまい？」

やや上目勝ちに訊ねる小五郎の顔が、わずかに笑っていた。

「はい。私と同じくらい大きな身体つきをした、相撲《すもう》取りのような男が案内《あない》してくれました。酒樽を運んできたふたり組のひとりです」

「なるほどな。それから、拙者たちが来るまで、ずっと数寄屋に潜んでいた。それで良いな」

「はい。……まだ暗いうちに、土御門様も数寄屋にいらして、しばらく二人で話していました。明け方近くになって出て行かれましたが……まさか亡くなるなどとは……。いったい、何が起こったのでしょう？」

「それはな……もうひとり、噛んでいた男がいたということや」

「もうひとり？」

「そうだ。その前に、ほまれを生き返らせてどうするつもりだった」

「大男ふたりと土御門様とで、棺桶の中の亡骸《なきがら》をほまれと入れ替え、一日経ったのち、つまり今日ですが、隠居所で土御門様が、さも術を使ったかのようにして、ほまれが目醒める。このとき、生き返る寸前に、悟朗様に骸が息をしていないことを検《あらた》めさせるのが肝だと、土御門様はおっしゃっていました。そうすれば、死人が生き返ったと思うだろうと。ただ、いくら年恰好が似ていても、ほまれを自分の孫と間違うはずはございません。かりに、たまたま面立ちが似ていても、ほまれが口をきき始めれば、これは違うとなります。

ほまれには、悟朗様が誰だか分からぬように振舞えと、知恵をつけました。生き返ったことで別の娘になってしまったと思えば、悟朗様もあきらめがつこうかと……土御門様がおっしゃるには、あきらめるための口実があれば、人はあきらめると」

「あきらめるための口実か……土御門様は、そうおっしゃったか。……そうか……拵《こしら》えたものだの」

「ですが、土御門様が亡くなっては、この企《たくら》みはご破算になります」

「その通り。だから、土御門様の企みを、横合いからかっさらった者がいたのだ。いや、惜殿がご存じなかっただけで、始めから、もうひとり黒幕がいたのだ。其方《そなた》がさっき言ったことだ。土御門様は、銭形屋が京に行っていることを知ったと同じころ、京では骸が消えていたことも知ったと。それは土御門様が代官所からいなくなった直後のことだ。喜兵衛がそう言うておる。土御門に会って話したと。しかしな、それは、京の検非違使《けびいし》や刑部《ぎょうぶ》卿《きょう》の法水様のところに、骸盗人《ぬすっと》の報告が上がるよりも前のことだ。堺にいながら、京の役人よりも早く、葬式から骸が消えたことを知ることが出来る者など、ひとりしかおらぬ。骸が消えて、埋葬の仕事がなくなってしもうた墓掘りの元締めだ。この男、商売上手で利に敏《さと》いからな。同時に、学者でもあった土御門様に学識でも負けぬときている。……案外、最初にこの企みを思いついたのは、こいつかもしれんぞ」

「しかし、大山に祈禱所《きとうしょ》など、わけが分かりません。人目にたたぬよう、注意しておりましたものを、なぜ、また……」

「つまり、人目にたつようしたい者がおったということだっちゃ。初め、銭形屋が訊ねてまわったのは、腕の立つ上級陰陽師はいないかということだった。そんなことで、上級や上級相当が簡単に見つかるわけがないのは承知の上の、藁《わら》にもすがる思いで訊ねまわったことだろう。だが、拙者たちが堺に着いたあくる日あたりから、死人《しびと》を生き返らせる陰陽師に話が化けた。そういうことが出来るのかとか、上級で出来る者はおらぬかとな。銭形屋が口にすることをはばかった、それればかりか、その話になると、たいていの者が口ごもるような事柄が、堺の町に広まった。あげくは大山で実演があるだと。そんな話が、根春国《ねはる》の皇太子の耳にまで入ってしもうた。ということは、土御門様の企みを、横合いから盗んだその男は、ことを大っぴらにしたかったのだ」

「しかし、そんなことをして、いったい……」

揖斐茶の主は納得できぬという顔つきだ。それは天晴も同じだった。

「さてな。もしや、その男は、本当に土御門様なら死人を生き返らせることが出来ると考えたのかもしれぬな」

24　かんかんのうを踊らせるのよ

大山に設けられた祈禱所《きとうしょ》といっても、実際は堀の手前で、大山を背景にした貧弱な櫓《やぐら》のようなものだった。人だかりが出来ていて「盆踊りでもするんかいな」とか「河内《かわち》音頭ちゃうか」といった口さがない言葉が聞かれた。櫓の下に棺《ひつぎ》が置かれ、天晴の仕事着とよく似た装束の男が座っていた。五尺（約一・五メートル）ほどの間合いを取って、縄張りが巡らされ、のっぽの番頭を先頭に、銭形屋の使用人たちが、野次馬の整理をしている。そこに、小五郎たちを見つけた、安倍雷明と阿保呂のふたりが近寄って来た。ふたりとも、あまりにあからさまな偽物加減に憤りを通り越して、あきれ返っていた。

「あそこに座っているのが騙り派《かたりは》か」

「晋三という男だそうです」と小五郎が答えた。

「あれは土御門《つちみかど》様の装束でございますね」

阿保呂の言葉に天晴が言った。

「ここで本物なのは、あの装束だけです」

「棺の中にいるのは、ほまれなのだな」

小五郎が揖斐茶《いびちゃ》の主《あるじ》に確認する。

「はい。塩漬けで、顔すら出ていません。土御門様の段取りは、様子が分からぬように、目、鼻、口あたりだけ塩を取り除け、銭形屋に息がないことを確かめさせて、息を吹き返したのちに、塩を払って取り出すというものでした」

背後から小五郎に声をかける者があった。ふり返ると、根春《ねはる》皇太子の通詞だった。

「昨日、殿下に謁見なされた刑部卿《ぎょうぶきょう》の明智様でございましたね」

「いかにも」

権《ごん》の字が付くとは言わなかった。

「殿下が近くにおいでなのですが、明智様のお姿をお見かけになり、お呼びせよとのことですので、来ていただけましょうか」

「殿下が？……参りましょう」

少し歩いたところに小さな社があり、そこに隠すかのように輿《こし》が止めてあった。社の入り口に寺島が立っている。見回すと、いくたりか侍がいて、寺島の配下らしかった。昨日両脇に控えていたふたりが、輿を取り囲んでいる。小五郎が近づきひざまずくと、輿が開いた。

「タイギデアッタ」

皇太子が、まず、そう言うと、儀礼抜きでしゃべり始め、通詞が即座に訳した、

「死人《しびと》を甦《よみがえ》らせる、その死人というのが、銭形屋の孫娘のやまとだというのは本当ですか」

(いきなり、答えにくい問いが来たな)

小五郎はすぐには返答しなかった。

「もし、そうだったならば?」

皇太子は通詞と顔を見合わせた。

「その娘は、私の妻となるはずの娘で、根春に住んでいると聞いている。日《ひ》の本《もと》に帰っているとも、まして死んだとも聞かされていない。本当ならば、グルン王室を謀《たばか》っていることになる。捨てておくことは出来ない」

小五郎は少し考え込んだ。その顔を見て皇太子が早口で言った。

「堺に着いて以来、何人かのこの国の人と会った。その中で、分からぬことが起きたときに訊ねるべきは、あなただと考えた。あなたは真実を語ることを躊躇《ためら》わない人とお見受けした。だから、本当のことを教えてほしい」

「その死んだ娘が……」

そこで小五郎の言葉が一度切れた。

「その死んだ娘というのが、銭形屋の孫かどうか、本当のところは分かりません。そう言っている人もいる。拙者も一昨日《おととい》当地に着いたところですので、事情に詳しいわけではございませぬ。ただ、ひとつだけ確かなのは、いかなる魔術を用いても、死人を生き返らせることは叶わんいうことです。拙者がこの堺に参ったのは、当地の上級陰陽師が行き方知れずになったためですが、この死人を甦らせるという騒ぎは、そのことに関係がございます。ですから、この一連の騒動が、実はどのようなことであったのかは、必ず拙者がつきとめる所存。そして、その経緯《いきさつ》が明らかになれば、必ず殿下にお知らせ申し上げる。拙者がお約束できるのは、それくらいでございます」

小五郎は一息で言った。今度は皇太子が少し考え込んだ。黒い瞳がじっと小五郎を見つめている。

「分かりました。そのお約束が果たされるなら、それで充分です。私は死人の甦るところを、この目で確かめようと思います。私の王朝では、婚礼の式が整うまでは、夫も妻も互いの顔を見てはならないことになっています。ですが、もしも、やまとが死んでいて生き返ることがないなら、結婚は出来ませんから、その顔を見ても構わないし、やまとが生きているのなら、その娘が死から甦っても、それはやまとではないのだから、やはり顔を見ても構わないことになる。私は、とにかく、この目で確かめたいのです」

「代官所の寺島が先導いたします。ごゆるりと参られるがよろしいでしょう」

小五郎が大山に戻ろうとしたとき、社の入り口に大男ふたりを従えた丸検校が立っていた。細身の方が耳打ちしている。

「明智卿でございますか」

例の大きな声で言った。

「おお、検校。根春の皇太子殿下までご存じとは、恐れ入った。……そうだ。大山はかつての帝の陵墓《りようぼ》だったそうですな。さすが見識豊かな丸検校。拙者もひとつ賢くなりもうした。しかし、検校。土御門様が亡くなったのは、ともかくとして、その替わりが、あの騙り派では、土御門様も立つ瀬がないというもの。いまからでも遅くはない。腹を割ってすべてお話しいただければ、天晴が替わりを勧めましょうぞ」

検校の閉じた両目がつり上がった。何か言いかけたが、結局は黙り込んだ。小五郎は検校を残して、大山へと戻った。

棺と騙り派の背後に、羽織袴《はおりはかま》のふたりの老人が座っていた。片方は小五郎も見覚えのある喜兵衛で、いまひとりは銭形屋の大旦那納屋悟朗《なやごろう》だった。喜兵衛は見るからに不安そうで、挙動にも落ち着きがない。銭形屋も静かに座ってはいるものの、顔つきが硬く強張っていた。

「明智様」

後ろから、女に声をかけられた。ふり返ると、角紅屋の内儀が弥一郎を伴っていた。

「おお、弥一郎か。もう泣いてはおらぬな」

小五郎が言うと、弥一郎は照れ笑いをした。

「この子が申しますに、あそこに座っている男が着ているのは、土御門様の装束に違いないとのことでございます」

「本当か。真《まこと》にそうか」

小五郎が問いかけると、弥一郎は力を込めてうなずいた。

「文様から、襟、袖の色まで、師匠に装束の意味を教えられました。あれは師匠のものです」

「よくぞ気がついた。……いいか。こののちも精進すれば、立派な陰陽師になれる。よいな」

小五郎は弥一郎の頭に手を置くと、力をこめて揺さぶった。そのとき「あれを」と小声で言いながら、天晴が小五郎に注意を促《うなが》した。丸検校が、杖をつきながら、しっかりした足取りで一直線にこちらに向かってくる。その背後には、ふたりの大男と根春国皇太子の輿が続き、左右を寺島たちが固めていた。検校は小五郎たちの前を無言で通り過ぎ、銭形屋たちが座っているところまで行った。途中で銭形屋がそれに気づき、驚いたような顔を見せた。検校が少し離れたところで止まった輿を指し、銭形屋に何か告げている。銭形屋は狼狽《ろうばい》していた。しきりに、検校に話しかけている。しかし、検校の受け答えは、短かった。

午《ひる》を告げる鐘が鳴った。

騙り派が立ち上がり、棺を開けた。輿の御簾《みす》が開いたが、小五郎たちからは皇太子は見えない。騙り派の男は塩の表面を手で少し払い、眉の下あたりから口許にかけて露《あら》わにした。しかるのちに、銭形屋を呼ぶ。亡骸《なきがら》に手をあげ、息のないことを確かめさせる。

「お孫さんですね」

騙り派の男が問うと、銭形屋はうなずいた。騙り派は、呪文のようなものを口の中で唱え始めた。次に懐《ふところ》から白い布を取り出し、右手に持った。

「術が解ける頃合いです」

揖斐茶の主がつぶやく。

棺の中の娘の目が開く。銭形屋が大きく息を飲んだ。その刹那。騙り派の右手が生き返った娘の顔の下半分を覆った。布を強く押しつける。その間にも、呪文めいた呟きは忘れない。銭形屋が言葉にならない声をあげ、棺の死体に取りつこうとするのを、喜兵衛が背後から止めた。騙り派は、右手の布を袂《たもと》に入れると、両の手で棺の中をかき分け始めた。棺の外にまで塩が飛び散る。周囲の野次馬の何人かが駆け寄ろうとして、刀に手をかけた寺島たちの動きに足を止めた。銭形屋と喜兵衛は騙り派を手伝って、塩を払いのけ、やがて、中の娘を抱え起こした。娘はぐったりとして、ひとりでは起きていられないようだった。朦朧《もうろう》としていて、伝衛門が術から醒めたときとは、同じようには見えない。

「おかしい」

揖斐茶の主が独り言のように言った。

小五郎は縄張りを越えて、銭形屋たちのところへ向かいながら「検分」と叫ぼうとした。しかし、それより早く、銭形屋が叫んでいた。

「やまとが生き返った。死んだはずの……やまとが……やまとが生き返った」

皇太子の輿の御簾が急いで閉じられる。銭形屋の絶叫は涙声になり、やがて、獣の雄たけびのような声で「やまとが生き返った」とくり返した。棺の中の娘は、騙り派晋三と喜兵衛に抱きかかえられたまま、銭形屋をぼんやりとした表情で見つめるばかりだった。

「生き返っただと？　あれは、揖斐茶の娘ではなかったのか？」

考えたことが、そのまま小五郎の口から出ていた。小五郎が揖斐茶の主を見る。呆然とした惜は、わけが分からぬといった態《てい》で首を何度も横に振っていた。

小五郎たち一党が、皆、立ち止まり唖然としている中、野次馬が押し寄せる。それに抗して、皇太子の輿がその場を離れていった。小五郎の目は、野次馬の盾となる銭形屋の使用人たちや、銭形屋と騙り派を連れて、その場を去ろうとする、検校とふたりの従者を、見るともなく捉えていた。

（いや。何かがおかしい。死人が生き返るなどということがあるはずがない）

そう考えた次の瞬間には、小五郎は走り出していた、そして、走りながら叫んだ。

「急げ、おじぎ山に行くぞ」

虎の平《たいら》が、まず、正気に返ったかのように、小五郎に続いた。次に天晴が駆け出す。揖斐茶の主はよろよろと数歩歩いて立ち止まる。雷明と阿保呂は、いまだ呆けたままで、正気に返る気配がなかった。むしろ、弥一郎が母親を置いて、小五郎に続いた。それを見て、小五郎が叫んだ。

「弥一郎。頼みがある。代官の佐々様に、いま起きたことを知らせてくれ。そして、京の法水卿にテレソンで知らせるように。法水卿だぞ。それが済んだら、おじぎ山に舟を回すよう、父上にお願いしてくれ」

弥一郎はうなずくと、小五郎たちとは反対方向へ駆け出す。それと入れ替わるように、遠目から見守っていたらしい甚吾が、小五郎のもとへ走り寄って来た。

「甚吾。おじぎ山に行く。一番の近道を案内《あない》せい」

甚吾はうなずくと、先頭きって走り出す。ケープを翻《ひるがえ》しながら、虎の平と並ぶように走る天晴が、荒い呼吸の間に口を開いた。

「おじぎ山で……いったい……なにをなさる……おつもり」

「死人を起す！」

「死人を……起す⁉」

虎の平も驚きが隠せない。天晴が重ねていった。

「それで……起して……いったい、何を」

「なあに。……かんかんのうを踊らせるのよ」

25　骸《むくろ》の顔を見て

おじぎ山では、博労《ばくろう》の丑松《うしまつ》が、昨日焼けた替わりの舟を、堀に浮かべていた。使いふるしの老朽舟だが、三人乗るには充分だった。

「おお、丁度よい。借りるぞ」

小五郎が言うより先に乗り込む。朝方借りてそのままになっていた筏《いかだ》も引いていく。甚吾はとうに歩いて渡り始めていた。

甚吾は対岸に着いたものの、先ほどの崩落のために、いつものところからは登れない。仕方なく、堀沿いに周囲を回って、登れるところを探し始めた。その様子を見て、小五郎は棹《さお》をさす手を止めた。しばらくすると、甚吾が、こちらを向いて、手を振った。道を見つけたようだった。

三尺道に立ったものの、目の前は焼けた木々で塞がれている。

「数寄屋《すきや》は分かるか？」

前途を見つめながら小五郎が甚吾に訊ねた。

「茶室だ」

「ああ。分かります」

「そのあたりに行きたい」

甚吾は黙り込んだ。

「そこに骸《むくろ》が埋まっているのですか?」

天晴が問いかけた。小五郎はひとつうなずいた。

「昨日、拙者たちがここに来るのは、急に決めたことで、予《あらかじ》め、待ち構えるということは出来ぬ、しかも、暗くなってから舟で来た。あとを尾行《つけ》られていたはずもない。平《たいら》もそんな者はいなかったと言っておる。すなわち、火を射かけてきた奴らは、われわれを狙ったのではない。なら、揖斐茶《いびちゃ》の主《あるじ》を狙ったのか? 惜《おしむ》ひとりを亡き者にするために、おじぎ山をひとつ焼く。そんな大げさなことをするかな?」

そこまで言ったところで、甚吾が言った。

「ここを上まで登ってしまうのが、一番早いと思うけど、登れるかどうか、ちょっと……」

「お前が登れるなら、ここにいる者は、皆登れる」

小五郎がそう言うと、甚吾は土の壁に手をかけた。わずかな窪みと露出した石を足場にしようとしている。「待て」と平が言った。平は小柄《こづか》を取り出すと。甚吾が手をかけた窪みをそれで掘って、大きく手を掛けやすいようにした。

「これで、掘っていけ」

そう言って、小柄を渡す。甚吾は嬉しそうにうなずくと、次の窪みを作り始めた。小五郎が続きを話し始める。

「しかも、奴らは周到に油まで用意していた。揖斐茶の主は、我々が見つけたときそうであったように、何の警戒もしていなかった。主の命を狙うだけなら、あんな派手なことをする必要はない。奴らは、おじぎ山を焼きたかったんや」

「おじぎ山を焼きたかった？」

「そうや。銭形屋の孫娘の骸がそこらに転がっていては、ならんだろう。なら、人の気づかぬところに埋めるのは、第一観。検校は墓掘りの束ね。お手の物や。気づかんかったか。伝衛門を埋めたときに、その上に被せた板切れは、酒樽を壊したものだった。ここらに埋めたから、そんなものが残っていたのや」

話しているうちに、甚吾は七尺あまりの壁を登り切っていた。そのあとを三人が登っていく。天辺に立つと、焼けた数寄屋の址《あと》が見えた。

「あのあたりは、もともと数寄屋以外には何もなかったのか？」

「地べたに石の部屋みたいなんがあって、その周りは墓だった」

「墓だと？」

「めくらの坊さんがいてて、墓掘り人夫を使《つこ》て、よう仏さんを埋めるのに使てた」

小五郎たち三人は無言で顔を見合わせた。

「よし、そのあたりへ案内《あない》せい」

目指すところは思いのほか簡単に見つかった。土まんじゅうが新しく、幸いなことに火の手が届いていなかった。小五郎が手を合わせ、一言「南無」とつぶやいて、平とふたりで掘り始めた。すぐに若い女の骸が現われた。未だ腐れ堕ちてはいず、顔の判別が出来た。小五郎と天晴は骸の顔を見て、声をあげて驚いた。その骸は、ふたりが以前、蒲生の御用邸で見たものだった。

「なつめではないか！」

「いや、しかし……これは、銭形屋の孫娘のやまとなのでは……」

天晴は混乱していた。小五郎は落ち着いた声で諭すように言った。

「その通り。すなわち、なつめとはやまとだったということや。やまとが身を偽ってなつめと名乗っていたと言ってもいい」

驚いて言葉の出ない天晴を横目で見ながら、小五郎はつぶやいた。

「道理で、一度雪を見てみたかったわけや」

26　なにか仕事がないかぎり

角紅屋の回してくれた舟で、小五郎たち三人は、娘の骸《むくろ》を運んだ。船頭は、またも、坂東流れの唄う男だったが、弔《とむら》い舟とあってか、歌は控えた。甲斐の渡しに着くと、小五郎は一同をそこに待たせ、ひとりだけ舟を下りた。大道筋に出て、北へ向かう。小五郎はゆっくりと歩いた。

甚吾は舟から下りて、桟橋に立っている天晴の顔を見上げていた。昨日の夜から、何か考えつめているようで、様子にそれまでにないものを感じている。もうひとりの縦縞の袴《はかま》を着た侍は、頼りにはなりそうだが、無口で何を考えているか分からない。話しかけることが、そもそも躊躇《ためら》われた。懐《ふところ》から剣玉を取り出したが、やる気になれなかった。船頭は舳先《へさき》に座って、煙管《きせる》の煙を吐き出している。川風が冷たくなってきた。昨日の夜の出来事を思い出してみる。おじぎ山に勝手に助っ人を連れて行った。帰り道で、あの無口な侍が鉄砲を持った敵を倒した。鉄砲。思い出した。小五郎が天晴に「鉄砲のことが気になるのは分かる」とか言っていた。そのとき、突然、閃いた。銃床の木目に見覚えがあった。

甚吾はすっと立ち上がる。平《たいら》と天晴がこちらを見た。ものも言わずに、桟橋から駆け出していた。

小五郎は意気揚々と甲斐の渡しに戻って来た。

「さあ、銭形屋のところへ行くぞ。……甚吾はどうした」

「さきほど、突然、駆けだして……どこに行ったものやら」

天晴が答えた。

「そうか。……あいつは、考える奴だからな。……平、すまんが、娘の骸を頼む」

三人は人目のある中、娘の骸を抱えて歩いた。それでなくても、目立つ格好の三人が、死んだ娘を抱えているのだから、道行く人が気味悪そうに、盗み見ている。ものに動じない平も、さすがに居心地が悪そうにしている。常人より鼻が良いのか、平ひとりだけが腐敗臭を感じとっていた。大道筋を渡ると、寺の裏手の静かな通りに入り、ようやく人の気配がなくなった。隠居所の前で、小五郎は、ひとつ大きく息を吐いた。

「御免」

小五郎が大声で呼ぶと、喜兵衛が出て来た。すぐに、中に向かって「明智様でございます」と声をかける。そこで、平の背負った骸に気づいて、ぎょっとなった。

「その娘は……」

「なあに。ろくに弔いもあげてもらえぬ娘でな。それでも、仏になってしまえば、仏様だ。せめて、真似事でも弔いをやってやりたいと思ってな」

喜兵衛の声に表に現われたのは、銭形屋ではなくて野菜市だった。

「仏様の匂いがする」

「おお。丸検校がおいでか。ちょうど良かった。この娘を入れるものが要る。菜漬けの樽の都合のいいのをひとつ用意できぬか」

「娘の骸でございますか」

「そうよ。それから、この娘、銭形屋にとっては孫も同然。通夜には酒と肴《さかな》も要るのお。三升ほどと、あと、肴は煮しめがほしいの」

「明智様、これは、なにかの嫌がらせでございましょうか」

「おい、野菜市。拙者が出張ったからには、只《ただ》済むとは思うなよ」

「只で済まない。……どうなりましょう。かんかんのうでも躍らせますか」

ふたりが睨み合って、沈黙が訪れたちょうどその時、小五郎の背後で声がした。

「銭形屋の御隠居のお住まいは、こちらでよろしいか」

根春《ねはる》の通詞の声だった。皇太子一行総勢四人が、いまは徒《かち》でやって来たようだった。

(良い頃合いだ)

小五郎はしてやったりと考えていた。ふり返って、皇太子と目が合った。皇太子は瞼《まぶた》でうなずいてみせた。小五郎は大げさに驚いてみせる。

「これは、これは、プラサント王子様。ちょうど良かった。銭形屋の縁者の娘が亡くなりましてな。ということは、いずれは皇太子殿下とも縁《えにし》を結んだはずの娘でございます。線香の一本もあげて、手向《たむ》けていただければ、成仏いたしましょう。ご無礼は重々承知の上、お願いできませぬか」

「殿下の縁者というのは、いささか、厚かましくはございませんか」

検校が異を唱えた。玄関の騒々しさに、ようやく銭形屋の大旦那が出て来た。

「皇太子様」

言うなり、平の背負った骸に気づいて、仰天した。すかさず、小五郎が追い打ちをかけた。

「銭形屋さん。孫のやまとが生き返ったとおっしゃったな。そしたら、この娘はいったい誰なんや？」

「……」

銭形屋は黙り込んだ。

「大山で、やまとが生き返ったと、其方《そなた》が言ったとき、すぐさま皇太子殿下の輿《こし》の御簾《みす》が閉じたのを、拙者は見ておる。式が整うまで、娶《めと》る相手を見てはならぬからだ。殿下は其方を信じたからこそ、そうした。婚礼は先の話で、輿入れすれば、それはそれで、そうそう生家にも戻れまいということか。そこまで時を稼げば、グルン王朝をも謀《たばか》ることが出来るとお考えか？」

「謀るなどとは……そんな滅相《めっそう》もない」

「そなたが孫娘を井伊《いい》家の縁者と偽っていたことは、征夷《せいい》大将軍付参謀本部攘夷処《じょういどころ》の本多《ほんだ》大佐が調べあげておる」

本多大佐がお役目を解かれたことは黙っている。

「そのことまで、ご存じですか」

「孫の輿入れは、銭形屋の根春での商いにも、恵をもたらすであろう?」

「それは……それは、正直、考えぬではありませんでした。商人《あきんど》なら当たり前でございましょう。……しかし……あのとき、あの大山で、そないなことは、頭をよぎることさえありませんでした。ただ、嬉しかった。殿下。明智様。手前は、あのとき、本当に孫娘が生き返ったと思うたんです。やまとが生き返ったように見えたんどす」

「しかし、やまととほまれでは、背丈が違いすぎよう?」

「はい。だから、すぐに別の娘やと分かりました。しかし、そん時には、もう娘が生き返った言うてしもてました。殿下の前で言うてしもうてましてん。一度言うてしもた後で、やっぱり違いましたとは、よう言えなんだ。……それに、ほんまに嬉しかった。一度死んだ思てたやまとが、目ぇ覚ました思たら、ほんまに嬉しかった……」

銭形屋は懐から手ぬぐいを出して目頭を押さえた。

「殿下。謀る気ぃはあれしまへんかったんですが、嘘言うたんは間違いございません。お叱りは覚悟の上です。しかし、これは、銭形屋悟朗の一存。娘のみくにはもちろんその夫も一切与《あずか》り知るところではございません」

「明智様」

それまで黙っていた検校が突然言った。

「その仏様は何処《いずこ》からお持ちで？」

「おじぎ山から掘り出した。野斎市の配下の者が埋めたのではないのか？」

「とんでもない。それが、本当の銭形屋さんの孫娘なのですね。ということは、あの晋三という陰陽師は、騙《かた》り派《は》なのですか」

「先刻、ご承知であろう。上手く利用したものよ。それとも、始めから其方の手下だったのか？」

「何を馬鹿な。いまほど、目の見えぬことを悔しく思ったことはございません。目さえ見えれば、そんなことはたちどころに看破しえたはず。土御門《つちみかど》様ご推挙の陰陽師ゆえ、頭から信じておりました。しかし、あの土御門様が、騙されるとは……もしや、正体を見破られたあの者が、土御門様を？」

「というふうに、持って行きたいのだな、検校は」

「明智様、拙僧に何かお恨みでもございますか」

「いや。……ただな。堺で商いをやる者にとって、納屋衆《なやしゅう》に食い込むことの大きさを、拙者はこの町に来て初めて知った。そのために、騙り派でも何でも用いて、納屋の大旦那の懐に飛び込み、恩を売り、あわよくば弱みを握ろうとする者がいても、不思議ではないと得心したんや」

「これは、また、大そうな特殊設定を空想されたものでございます」

「ほざいておれ。あとは晋三という騙り派を見つけ出し、ことの次第を吐かせるだけ……」

小五郎の言葉の途中で、検校の顔に笑みが浮かんだ。小五郎の背後で足音がする。丸検校が小五郎たちの肩越しに声をかけた。

「おお。笹枕《ささまくら》に横時雨《よこしぐれ》。戻ったか」

検校にいつもつき従っている大男ふたりが帰って来たのだった。小五郎の顔色が変わった。検校から離れているとは思ってもみなかったのだ。このふたりが検校から離れることはない。なにか仕事がないかぎり。

「野菜市。貴様……」

「首尾はどうだった」

検校はにんまりと笑いながら、ふたりがうなずくのを、見えない目で見ていた。

27　修行はすでに始まっている

藤田伝衛門は、傷の痛みに顔をしかめながら、代官所を出た。陽が傾きかけ、夕刻が迫っていた。一昨夜来起きたことは、藤田には知りようもない。それでも、根春《ねはる》皇太子出立の日だから、代官所に人がいないのは当たり前のように思えた。ゆっくりと歩き、大道筋に出た。市の方から、掛け小屋の音曲らしい、にぎやかな音が聴こえてくる。住吉大社奥に向かうことにした。その途中がどうあれ、皇太子がそこから列車に乗って京へ向かうことだけは確かだった。だが、駅まで半刻でたどり着くことが出来るか、いや、そもそも半刻歩き続けることが出来るのか、心もとなかった。冬なのに、汗が額を流れた。大道筋を、伝衛門は、亀のように歩んだ。

騎乗したまま、プラサント皇太子は、住吉大社奥駅前で、納屋衆惣領《なやしゆうそうりよう》角紅屋の挨拶を受けていた。本来、正午に予定されていた歓迎の挨拶が、延びたあげくのもので、皇太子が堺をはなれるときになっての歓迎の言葉は、間が抜けていなくもなかった。その光景を横目で見ながら、小五郎と天晴も皇太子と同じ列車に乗るべく、駅舎に入った。もっとも、皇太子が乗るのは、通常編成の後ろに増結される専用車輛だ。小五郎の表情は厳しい。騙《かた》り派《は》晋三の水死体が、環濠《かんごう》で見つかったのは、その日の朝だった。それでも、ふたりを見送るべく駅に来た虎の平《たいら》を見つけると、顔がほころんだ。

「平四郎。此度《こたび》の働き、大儀であった。これから、どうする」

「山籠りに戻ろうと思います」

「そうか。熊野で修行する慣いだったな」

そう言うと、小五郎は、懐《ふところ》から革袋を出した。賀茂の河原《かわら》で義兄からもらったものだ。

「たいした額にはならんだろうが、取っておけ。平が修行するとなると、腹も空きそうだの」

駅に列車が入って来た。これが折り返して、京九条行きとなる。降車した一団が、押し寄せてくる。その中から声がした。

「小五郎！」

後ろに大男を従えた蓬髪《ほうはつ》の小柄な男が、小五郎に笑いかけていた。

「兄者。どうして、ここに」

「仕事の口があってな」

そう言うと、秘密めかして、小五郎の耳元に口を寄せた。

「外津国《とつくに》に渡るぞ。俺たちの芸で異人どもをびっくりさせてやるのよ」

「そうよ。あちらにはベースボールとかいうものがあってな、その必殺技のホームランというものを殺してみせれば、喝采まちがいなしらしいのだ」

「外津国に？」

「兄者、勝算はあるのか」

「あらいでか。毛唐に一泡吹かせてやる！」

ふたりの兄は、意気揚々と堺の市中へ向かう。

「お侍さま」

列車に乗り込む寸前に、小五郎を呼び止める者があった。鉄砲鍛冶の平吾、甚吾の父親だった。三日前の褞袍《どてら》姿ではなく、白の上下は鍛冶の仕事着のようだった。ところどころ焦げた跡がある。側《かたわ》らに甚吾もいた。

「おお。甚吾の親父殿。此度は倅《せがれ》殿にずいぶんと助けられた。礼を申す」

「その甚吾がこれを持って参ったのですが」

そう言って、手にした長筒を見せた。

「その鉄砲が、どうした」

「あのお侍さんが」と、甚吾が虎の平を示した。

「おじぎ山で敵から奪ってきた鉄砲です。……見覚えがあって」

小五郎の顔つきが変わった。

「銃床の木目に。……お父《とん》が頼まれて作った鉄砲だと」

「なに？　どういうこっちゃ」

「もう二月、いや三月ほど前になりますか。検校様が鉄砲一丁持って来て、同《おん》じもん《な》を作れるかと。それがイスラム渡りの新式の長筒や言うんです」

「なに。検校が」

「はい。調べてみると、工夫がしてあって、銃身の内側に溝が切ってある。何軒かの鍛冶に、無理やと断られた言うてました。確かに、この細工は難しい。ですが、こっちも意地がございますから、ほかの仕事放《ほ》りだして、仕上げました。これで撃つと、長筒の弾にいちいち呪文かけいでも、真っすぐ飛びよります。大した工夫や思いました」

小五郎と天晴はふたりして、銃と甚吾の父親の顔を交互に見やった。

「そういうからくりでしたか」

天晴が言った。

「陰陽師の先生」

甚吾が天晴に話しかけた。懐から剣玉を取り出す。呪文を唱えながら、剣玉を受け皿から剣へ、剣から受け皿へと移して見せた。糸が溶《と》けてなくなっている。一通りやってみせると「どや」と言わんばかりの顔で、天晴を見た。

「二日で糸が溶けたのか」

天晴が驚いている。甚吾は嬉しそうにうなずいた。

「この剣玉は、呪文を唱える強弱抑揚が肝心なのです。正しく呪文を唱えられるようになると、初めて糸が溶けていく。溶けるまでくり返すことで正しい唱え方が身に着くのです。二日で糸が溶ける童《わらべ》はなかなかいません」

平吾も驚いている。

「親父殿。もしも宜しければ、甚吾を内弟子に取りたいのだが、いかがであろうか」

天晴の提案に、小五郎までもが驚いた。

「こいつをですか」

平吾が目を白黒させながら言う。

「左様《さよう》。甚吾はものになりそうな気がいたします。母君とも相談の上、お決めくだされ。堺代官のところで、陰陽寮の安倍天晴と言えば、連絡が取れましょう」

「俺は行く。陰陽師になりたい」

平吾が口を開く前に、甚吾がそう言っていた。

「この列車で、一緒に行ってはいけませんか」

「お願いできますでしょうか」

甚吾に押されたかのように、平吾も言った。

「母親も歓びましょう。弥一郎という子が選ばれたとき、子ども以上に悔しがっておりましたから」

「なら、そうするが良いのではないか」

小五郎が言った。甚吾は天晴の手を引いて、生まれて初めて乗る列車の入り口に足をかけた。

「では、陰陽師の心得その一だ。面白半分に術を使ってはならない」

天晴の下、修行はすでに始まっている。


小五郎たちとプラサント殿下を乗せた列車が、住吉大社奥を出たのち、堺で起きたことを、いくつか書いておく必要があるだろう。

列車の出発にわずかに遅れて、藤田伝衛門が住吉大社奥にたどり着いた。

翌日、タンドレ・アホーン一座が、ニューイングランド王国目指して堺を発った。一座の中には、堺で加わった日《ひ》の本《もと》の芸人が数組あり、その中には、明智球七球八兄弟と鈴木一朗字の姿も見えた。

二日後、来年の揖斐《いび》茶《ちゃ》の取引の談合が、角紅屋の二階で開かれた。惜《おしむ》のかたわらに、ほまれが控えていたが、二人とも座の末席を占めた丸検校の姿を見て、一瞬顔つきが強張った。野菜市がそれを見ることはなかったが、まるで見たかのように笑みを浮かべてみせた。

腔線《こうせん》
銃身の内部に螺旋状に彫られた溝。マナルともいう。……従来、弾丸のひとつひとつに予めまっすぐ飛ぶように、立直一発《リーチ》という呪文をかけていたものが、この発明によって、その必要がなくなった。科学が魔術の優位にたった一例として挙げられることが多い。……日の本では堺の鉄砲鍛冶平吾が、検校丸野菜市の注文で作ったのが、始めとされている。……

日の本大百科事典《エンサイクロペディア・ヒノモティカ》　第十三版

あとがき

『明智卿死人を起す』は二〇二三年七月に執筆を始め、一年と二か月ほどで約四百枚を書き上げた。ただし、構想そのものは、前作『明智卿死体検分』を書き終えてまもなく浮かんでいたので、半年ちょっとの準備を経て、書き始めたことになる。構想といっても、〈堺を舞台にして死者を甦らせる話を書く〉という程度のものだが。シリーズ第二作は、『明智卿死体検分』の文庫化から、あまり間を置かずに文庫書下ろしの形で出したいという、版元の意向を了とした。作品にとって幸せな形で出すのが最善だと思う。

堺を舞台にするといっても、明智卿の存在する世界での堺であるから、現実の堺とは微妙に異なる。いや、微妙どころの話ではなくて、結果的には、現実とは似ても似つかぬ堺の町を描くことになった。堺在住の方が読めば、混乱するのではないか。準備段階で、堺には二度足を運んだが、違うように書くために現実の町を探索するのは、なかなか楽しいことではあった。

本書では、天晴の衣装の表現を、『明智卿死体検分』のときの、ケープとマントからは、袖なし外套《クローケ》とケープに改めている。これは天晴の着ているものを変えたのではなくて、より正確な描写と、正確な作品世界の在りようを求めた結果なので、了解されたい。

楽屋落ちや原典について、著者が書く必要は本来ないが、それでも、いくつか書いておきたいことがある。

旅芸人一座のマペットショウは、四十年ほど前にフジテレビで深夜放映されていたモンテカルロショウのレギュラーだった、アンドレ・タホーン一座をモデルにしている。旗が増殖していくお決まりの演目は、オリバーのマーチに乗せた愉快なショウだったので、曲をご存じの方は、あの場面を読む際のBGMにしていただければ幸いである。

20章に出てくる「吊り店」ということばは、ジョージ・ロイ・ヒル監督の映画「スティング」の初公開時に使われたものだ。あの映画はパートごとにイラスト付きのタイトルが出てくるが、その中のwireというパートの題名は、現在流通している字幕では「電信」と訳されている。しかし初公開時には「吊り店」と訳されていて、これは誤訳なのだろうが、ビルの地下に設えられた大がかりな偽装のノミ屋を表わすにはぴったりの誤訳だったので、今回借用に及んだ。

根春国は、無論、架空の国であって、ネパールのことではない。しかし、東アジアの皇太子を描くことになったとき、私の頭の中にあったのは、すれ違うようにして知り合った、ひとりのネパール人の青年だった。プラサントというその青年は、賢くて二枚目で気持ちのいい男だった。重要な登場人物である異国の皇太子を描くにあたって、彼のイメージを借りて描きたいという気持ちに抗することは出来なかった。実際のネパールは海洋国ではないし、王国でもなくなっている。そもそも、このシリーズの表記のルールでは尼婆羅となるべき国だ。しかも、ご承知のとおり、そのルールはしばしば破られるが、それでも、根春と書かれることはない。

前作からの東京創元社の古市怜子さんと、『短編ミステリの二百年』でも組んだ宮澤正之さんが、編集を担当してくださった。いつも、ありがとう。また、本書を書くにあたって、具体的に参照した書物は以下の通りである。謝して記しておきたい。

久世仁士『百舌鳥古墳群をあるく　増補改訂第2版』創元社
堺市役所『堺市史』
志賀節子・三枝暁子編『日本中世の課税制度　段銭の成立と展開』勉誠出版
須藤利一編『ものと人間の文化史1　船』法政大学出版局
中井正弘『堺意外史100話』ホウユウ株式会社出版部
中野英治『写真集「平家物語」祭りの世界』岩田書院
原島広至『今昔地図でたどる　京都大路散歩』学芸出版社
三浦周行（朝尾直弘編）『大阪と堺』岩波文庫

大和川水系ミュージアムネットワーク編『大和川付け替え三〇〇年　その歴史と意義を考える』雄山閣
A・Y・アルハサン&D・R・ヒル（多田博一他訳）『イスラム技術の歴史』平凡社
別冊歴史読本五号「堺歴史読本」KADOKAWA

明智卿の次回作は『明智卿西へ』と題する構想がすでにある。三度読者の皆さんと相まみえる幸運がありますように。

小森　収

自由都市の堺に推理と笑いの花が咲く

松浦正人

東京創元社から二〇二二年の暮れに刊行された書き下ろしの単行本『明智卿《あけちきよう》死体検分』を読んだときの驚きと喜びは、いまも鮮明に憶えています。洒落《しやれ》っけと遊び心にあふれた大人のミステリとして舌を巻く面白さであったうえに、四阿《あずまや》いっぱいの雪に埋もれて凍死していた男という魅力的な謎《ホワイ》が、盲点をつく見事な解決に導かれるんです。これはもう、シャッポを脱ぐしかありませんでした。

いえ、そもそもですね。近代科学のかわりに科学的な魔術が発達した〝もうひとつの欧州〟を舞台に、ノルマンディ公リチャードの主任捜査官ダーシー卿と上級魔術師《マスター》のショーンが奮闘するランドル・ギャレットの人気シリーズ(一九六六年出版の長編『魔術師が多すぎる』と、七八年にわが国で独自に編まれた初期中編集『魔術師を探せ!』が、ともにハヤカワ・ミステリ文庫から)が、まずあったわけです。あの連作ミステリの時間線において、では、極東にある日本はどんなことになっていたのか。『〜死体検分』は、緻密な想像力と愉快な着想でそれをまことしやかに描きだしていまして、そこのところだけとってみても拍手ものの仕事です。

どう考えてもすこぶる手がかかっているに違いない。なのに、さしだすときには一夕の楽しみのために。こうした心意気にささえられた大人の遊び心は当今めずらしい。じつに粋で、うれしいことでした。

さて、いま手にしておられる『明智卿死人を起す』は、権《ごん》の一字がついた刑部卿《ぎょうぶきょう》の織田家臣・明智卿と、ソルボンヌでマスター魔術師の資格をとった陰陽師・安倍天晴《あべのてんせい》が活躍する連作の第二弾です。その解説にとりかかるまえに、ひとつだけおことわりを。本書では、前作の登場人物の消息が折々に語られます。ときには、前作の経緯をほのめかす場合もあるでしょう。したがって読者の皆さまにおかれましては、どうか先に『～死体検分』をご一読ください。そうすれば、憂《うれ》いなく次の物語を楽しむことができますので。

——晩秋のできごとだった蒲生邸《がもうてい》事件からまもない、おそらくは初冬。明智卿と天晴は帝都である京にでむきます。『～死体検分』の幕切れで柱名《はしらな》の襲名を許された小壱郎《こいちろう》は、明智小五《こご》郎光秀《ろうみつひで》と名をあらためており、新たな事件がもちあがったため参内したのです。帝《みかど》から命じられたこたびの出張先は堺《さかい》でした。仔細《しさい》を聴くまえに、当代の刑部卿である法水《のりみず》卿が仕事をふった事情の説明に現れます。じつは前日に京で奇妙な事態が発覚し、そちらに手をとられているのだと。葬儀の前後で亡骸が消えうせるということが三件あいついでいるとかで、なかの一件などは、これで人が殺されていたら都筑道夫《つづきみちお》の名シリーズ〈なめくじ長屋捕物さわぎ〉の一席「天狗起し」（光文社時代小説文庫『ちみどろ砂絵　くらやみ砂絵』所収）ではないかと妄想したくなりますが、三名の死人のあいだにつながりはなく、なにが起こっているのか見当がつかない。だから堺のほうはよろしく頼むと。

　堺行きの仔細は、筆頭侍従の針千本《はりのせんぼん》からきかされます。堺代官付きの上級陰陽師が突如行方知れずになったこと。しかも現地では、腕利きの上級陰陽師ないしは上級相当を急いで探している者がいるという奇妙な噂が流れている。怪しげな情勢をまえに明智卿と天晴は、日の本《ひのもと》で唯一の主無《あるじなし》の町、堺へと赴くことになります。

　冒頭で明確な謎が提出された前作にくらべると、ひどく茫洋とした発端です。雲をつかむような状況の輪郭をたしかめるところから始めなくてはならず、捜査の見通しをたてることさえ当初は難しい。にもかかわらず物語は活気にみちています。なぜか。

　理由の第一は、舞台となる町が目にうかぶように描かれているからでしょう。現実の日本においても古墳の町として知られる堺ですが、高い建物が林立するわけではないこの〝もうひとつの堺〟では、いわゆる百舌鳥《もず》古墳群のあまたの墳丘をそこらじゅうから望むことができます。先日、仁徳《にんとく》天皇陵ということになっている大山《だいせん》古墳の墳丘にたいして、戦後はじめて歴史・考古学の学会関係者の立ち入り観察が実現しましたけれども、あちらの堺では陵《みささぎ》であることもよく知られず、荒れ放題。童《わらべ》のいい遊び場所となっている。また、河川交通がなお盛んで、蔵と蔵の隙間から滑るように横切る平底舟が垣間見える情景が印象的ですし、鉄砲町に納屋《なや》町、市、港と、明智卿たちは活発に動きまわるのです。もちろん、そのかんにさまざまな階層・職種の人々から話を聴いていきますので、町がしだいに生活の場としてたちあがってくるという寸法です。

　理由の第二は、このシリーズの特徴である洒落や冗談がいよいよ賑やかに、そして大胆になってきたことであります。たとえば、右でふれた筆頭侍従の針千本。針迫弾《はりのせるだん》（アシモフのＳＦ名作〈銀河帝国の興亡（ファウンデーション）〉シリーズのハリ・セルダンにちなむ命名）の子孫だからって「針千本のぉますっ」かよと、前作では苦笑したものでしたが、まさかそんな深謀遠慮があったとは……（2章の記述でのみこめなかったかたは、朱雀《すざく》大路のトリヴィアをチェックしてみてください）。いや、しかし、冗談をまえもって説明されるぐらい興を削ぐものはないですね。具体例をあとひとつ、ふたつ示しておこうと思いますが、**本作を未読のむきは、次の段落ふたつをとばしてくださるようお願いします。**

　とりあげたいのは、18章で明智卿たち一行を窮地から救った異国の魔術、〝揖《い》斐《び》茶《ちゃ》穴熊《あなぐま》〟です。過去の使用例として挙げられたエピソードが、シェイクスピアの有名な戯曲にもとづいていることは明瞭ですが、あの戯曲に登場する修道士ロレンスにはファースト・ネームがつけられていません。待てよ、フリビチャ……穴熊？　穴熊といえば、将棋で玉《ぎょく》がとられないよう味方の駒を集めて城のごとく囲う、防御の手法のひとつです。冬眠にはいった穴熊のようだ、という趣旨の命名で、玉の生死にかかわるといえなくもない。ん？　そういえば飛車の配置にまつわる二大戦法のひとつが振《ふ》り飛車《びしゃ》であって、振り飛車穴熊という言いまわしも、戦術の名称としてごく一般的です。おまけに、二大戦法のもうひとつは居《い》飛《び》車《しゃ》です。居飛車穴熊ともふつうにいわれ……ああ、揖斐茶穴熊！

将棋にくわしくない解説子の発見《ユリイカ》への道のりはそんなふうでした。そもそもは、男子サッカーの日本代表監督をかつてつとめたイビツァ・オシムを本作に登場させようという作者・小森収の出来心から始まった冗談なのでしょう（澤穂《さわほ》希《まれ》を養子に迎えたりしていますしね）。揖斐茶の主の生国はスキタイ、トランスバルカニアとともに三重帝国をつくったこともあるパンノニアであるとなっていますが、この三国は異才アヴラム・デイヴィッドスンが一九七五年の『エステルハージ博士の事件簿』（河出文庫）で描いた架空の国です。同書の解説で殊能将之《しゅのうまさゆき》は、くだんの三重帝国を現実のバルカン半島中央部に比定したうえで、〝第一次世界大戦以前にあり得たかもしれない文字どおりのユーゴスラビア（南スラブ人の国）〟として構想されたのだろうと推測していました。オシムは旧ユーゴスラビアのサラエボ生まれです。一九九〇年代なかばの紛争で故国は分裂する結果となりました。彼の激動の人生について、ここでふれる余裕はありませんが、小森は『短編ミステリの二百年』全六巻（二〇一九～二一年／創元推理文庫）のある巻でも、オシムを印象的なかたちでひいています。かの人の半生にたいする、そこでの洞察の重みは記憶されてしかるべきでしょう。そう、こうした背景から冗談が生まれることもあるのです。

楽屋落ちやことば遊び、はては歌のもじりまで旺盛にとりこんで物語を活気づける筆法は、小林信彦《こばやしのぶひこ》の〈オヨヨ大統領〉シリーズからきているのだと思います。季刊誌《フリースタイル》33号（二〇一六年一一月発行）に小森収が寄稿した「ぼくらの作家――〈小林信彦コレクション〉刊行に寄せて」によれば、小学生のときに、朝日ソノラマから出版されたばかりの『怪人オヨヨ大統領』（一九七〇年／角川文庫ほか）を読んだらしく、それも〝買ったその日に二度読んで、その後くり返し〟読んだといいますから、小森少年の喜びようがうかがえます。長じて、ちくま文庫に同シリーズがはいったおりには大半の解説をにない、すっかり呼吸をつかんだのか。いつか自分でもやってみたかった、というところでしょうか。三つ子の魂とはおそろしいものですね。

しかし見逃せないのは、本作においては、元祖には見られなかった演出のわざが鮮やかに駆使されている点です。それはこういうことです。オヨヨ大統領ものには、実在の人物をモデルにしたキャラクターがしばしば出没します。その躍動ぶりはシリーズの名物であり、『怪人オヨヨ大統領』の怪しい探偵三人組ときたら、パロディどころか、これはマルクス兄弟の新作そのものではないかと感嘆させられる出来ばえでしたが、登場のさせ方自体に特段の演出はありません（それがいけないわけでは、まったくないのです。念のため）。

そこへいくと、『〜死人を起す』は違います。ある剣戟《けんげき》場面を例にとりましょう。緊張感とスピード感にわしづかみにされるような一場が活写されるなかで、その人物の〝正体〟が少しずつ暗示されていく。そしてある瞬間、あっ、そうか！　と思わず膝をたたかされてしまうんです。そのしてやられた感が半端でない。驚きばかりでなく、それまでの記述のあれこれが甦ってきて、人物の存在感を盤石にしてくれます。遊び心に発したキャラクターの数々を演出の工夫でいちだんと輝かせ、さらには、登場する場面を活きいきとしたものに格上げすること。それが、この小説の面白さを高めているのでした。

冗談や遊び心について探索するのはこれぐらいにして、謎解きミステリとしての『〜死人を起す』に、こんどは的をしぼりましょう。それを語るには、『黄色い部屋はいかに改装されたか？』（一九七五年／晶文社）で都筑道夫が提唱した本格推理小説の書き方、モダーン・ディテクティヴ・ストーリイのことを思い出すのがいいと思います。

解説子なりにまとめるならそれは、あなたやわたしが日々なにげなくすごしているような生活の場に、理屈にあわない奇妙な矛盾をはらんだ謎が、ふって湧いたように出現したとき、その矛盾の糸をときほぐし、理にかなった経緯を見いだすまでの物語です。途上においては、これまた理にかなった調査や、仮説をたてては検討していくディスカッションが論理のサスペンスをかきたて、最終的には、関係者の性格や前後の事情をよく見きわめたうえで、なにがあったのかを論理的に解き明かすのです。当事者や捜査側の陥っていた思いがけない錯誤や、エアポケットにはいったように見落とされていたけれども、じつは必然であったと感じさせる真相への手筋が、推理の過程で発見され、思わず小膝をうちたくなるような意外性がもたらされる力学（都筑はここの妙味を、論理のアクロバットと呼びました）が大切にされていたことも、忘れずにつけくわえておきましょう。

小森収は、『黄色い部屋は〜』の増補版（二〇一二年／フリースタイル）が刊行されたときに、力をいれて編集を担当したほどの人です。また、自身二冊目の小説の本である『土曜日の子ども』（二〇一四年／フリースタイル）は連作ミステリの短編集でしたが、その第二話「ぬけられ小路の殺人」は、激しい雨のもと男はなぜ傘をきれいに巻いたまま路上で殺されていたのかという謎が、論理的なディスカッションをへて解明される、都筑印の秀作でした。

そしていま、明智卿と天晴の二作もまた、モダーン・ディテクティヴ・ストーリイ論の影響が色濃い長編だと、解説子は考えます。ただし、影響をうけたポイントには違いがある。重心が変化したというほうが当たっているかもしれません。

第一作『〜死体検分』をふりかえってみましょう。はじめにご紹介したとおり、発端で提示される謎はきわめてとっぴです。なぜ、そんな状況が残されたのか。考えるほどに矛盾が湧きだしてきます。この謎への興味が全編のかなめです。界隈《かいわい》でいかに正体不明の間諜が跋扈《ばっこ》しようと、魔術によるスリリングな攻防が続発しようと、凍死体をめぐる謎が物語の底を流れている(ちなみに、どうして諜報戦があれほど華やかに描かれていたのかといえば、理由のひとつは原典にならったから、です。ダーシー卿ものがスタートしたのはジェームズ・ボンドが銀幕で大ヒットしていた最中のこと。『魔術師が多すぎる』は二重スパイの死から始まりますし、ダーシー卿にもボンドの面影がありますよね)。明智卿は、問いの中身を深めつつ、関係者の行動および心理に目をこらし、最後には状況の腑分けに成功します。——シンプルでいて盲点をつく、ことの核心をつかみとるのです。それはまったく、論理のアクロバットの名に値する美しさでした。

こんなふうに、発端の矛盾をはらんだ謎と、結末での理にかなった解明にスポットのあたった『〜死体検分』にたいして、第二作『〜死人を起す』で秀逸なのは、中段における論理のサスペンスです。上級陰陽師の失踪前後の行動を追う過程も、なるほど読ませます。しかしそれは捜査の常道です。モダーン・ディテクティヴ・ストーリイの美点がきらめきだすのは、ある目撃情報をめぐって聴取をすすめたところ、まっこうから証言が対立する事態となるあたりからです。どうしてそんなことになるのか、奇妙というほかない。このささやかな矛盾が簡明に解き明かされる（うまい！）のが、ちょうど小説のなかほど。すると、そこからおのずと、だとしたら……と必然の論理がたどられはじめます。可能性と疑問がつぎつぎと俎上にのせられますが、そのディスカッションをもとにあらたな調査がなされ、それがまた次の具体的な議論につながってというふうに、捜査が、推論と手をたずさえての捜査が、とうとう動きだしたのが実感されて、ほんとうにわくわくさせられます。これこそが中段における論理のサスペンスであり、その妙味なのです。

補足しておきますと、突破口となった矛盾を生んだ原因については『魔術師が多すぎる』の4章に言及があります。英国風のユーモアをたたえた味のあるエピソードでしたけれども、小森はそれをまるで違った観点から見つめ、論理のアクロバットの材料としたのですね。モダーン・ディテクティヴ・ストーリイ論をあたりまえに着こなしているといったらいいのか、いかしています。『〜死人を起す』には、論理のアクロバットを感じさせるくだりがもう一点、幕切れにありました。終盤にマスター魔術師である天晴を悩ませた頭痛のたねが、さらりと解消されるところです。それは解ける問題ではないものの、この世界ならではの逆立ちしたものの見方をくっきりと映しだしていて、「ざぶとん一枚！」と叫びたくなりました。まことに、冴えたしめくくりであります。

最後に、舞台となった〝もうひとつの堺〟とその気風に思いをめぐらしてみましょう。

ここまでふれませんでしたが、一連の捜査をささえたのは明智卿をはじめとする探偵側だけではありません。町人たちの助力があってはじめて、地に足のついた捜査が可能となりました。地元に暮らす人間だから、必要な情報をもっていた側面はたしかにあります。しかしそれ以上に、人間観察に長け、堺商人の日常と現場をよく知っていることが、明智卿の推理を助けたのです。船頭、料理屋の主、大店《おおだな》の手代、町の便利屋。職種や階層はさまざまですが、見聞きしたものを咀嚼《そしゃく》し、自分の頭で考えて判断することができる彼らがいるから、堺という町はまわっているのかもしれません。

かつてイエズス会の宣教師たちから〝東洋のベニス〟と評された現実の堺と、この〝もうひとつの堺〟を単純にかさねあわせるのは禁じ手です。けれども、遣明《けんみん》船貿易で富を蓄えつつ見聞をひろめ、分業にもとづく鉄砲の大量生産にも成功し、町人が合議で町を動かした戦国時代までの自治都市・堺が、ここにはまだ生きているように思われます。自立の精神をはぐくみ、地に足のついた現実感覚をもつ人々が闊歩《かっぽ》していたかもしれない、当時の堺。それが本作の舞台に、ぶれながらも二重写しになっている気がします。

そこで思い出されるのが、シャーロット・アームストロング『サムシング・ブルー』（一九六二年／創元推理文庫）の解説として、小森収が一九九八年に書いた文章の一節です。〝〈真実はオープンにされ、その上で自分自身が判断し決定するのだ〉という〟主役格の女性の〝精神の明るさ〟が重要だとしたあと、〝この明るさこそ、シャーロット・アームストロングの特徴であり長所であると、私は考えます。それは、自在に考え、自在に行動する、自由な明るさでもあります〟とつづきます。結びではさらに、アームストロングの小説には〝主人公が〈ある分からないこと〉に彼または彼女なりの理性的な方法で立ち向かう物語であるミステリという ものの基本が持つ、明るさと喜びがあります〟と記していました。これはアームストロング論であると同時に、小森の希望のことばなのではないでしょうか。希望とは、しばしば裏切られ、泥にまみれるものです。けれども、捨て去ることはできない。

本作に描かれた〝もうひとつの堺〟は、現実には存在しないでしょう。しかし、自分の足で立って、考え、判断する人々をそこにちりばめ、笑いと推理にあふれたミステリにしあげた作者の胸には、なにがあったろう。そんなことをふと思わずにはいられません。

（二〇二五・三・二八）

本書は書き下ろしです。

JASRAC出 2502382-501

著者紹介　1958年福岡県生まれ。大阪大学人間科学部卒業。著書に『明智卿死体検分』『土曜日の子ども』など。2022年、『短編ミステリの二百年』（全六巻）で第75回日本推理作家協会賞および第22回本格ミステリ大賞を受賞。

明智卿死人を起す

2025年4月30日　初版

著者　小《こ》森《もり》　収《おさむ》

発行所　（株）東京創元社
代表者　渋谷健太郎

162-0814 東京都新宿区新小川町1-5
電話　03・3268・8231-営業部
03・3268・8201-代表
URL　https://www.tsogen.co.jp
組版　萩原印刷
暁印刷・本間製本

乱丁・落丁本は、ご面倒ですが小社までご送付ください。送料小社負担にてお取替えいたします。

ISBN978-4-488-48523-8　C0193